인간의
75 가지 감정
표현법

인간의
75가지 감정
표현법

안젤라 애커만, 베카 푸글리시 지음

서준환 옮김

INFINITYBOOKS
인피니티북스

차 례

인간의 75가지 감정 표현법

작품과
감정 묘사

어쨌거나 좋은 작품에는 한 가지 공통점이 있다. 감정 묘사가 뛰어나다는 점이다. 작가는 감정 묘사로 등장인물의 움직임과 대화를 풀어내며, 사건(결단)을 이끌어간다. 동화, 희곡, 시나리오, 소설과 같은 작품에 감정 묘사가 없다면 등장인물의 삶은 싱거워지고, 서사의 긴장감은 온데간데없어져 플롯은 무미건조한 사건의 부스러기만이 나뒹구는 강바닥을 드러낼 것이다. 누가 이런 이야기를 애써 읽으려 하겠는가.

독자는 무엇보다 정서의 충만함, 즉 감동을 원한다. 독자는 등장인물과 함께 웃고 함께 울기를 바란다. 그러니 등장인물은 독자에게 기쁨과 슬픔, 갈등과 고난이 실타래처럼 얽힌 인간사의 풍요로움을 전해줄 수 있어야 한다.

사람은 정서 속에서 살아가는 '느낌'의 존재이다. 이 느낌으로 우리는 무엇인가를 선택(배제)하고 누구와 시간을 보낼지를 결정한다. 심지어 가치를 판단하고 우선순위를 정하는 데에도 영향을 끼친다. 그뿐만 아니라 느낌은 의사소통에서도 중요하게 작동한다. 사실, 대화의 95퍼센트는 언어 밖에서 이뤄진다. 감정적이지 않으려고 노력하는 순간조차도 우리는 표정과 몸짓으로 메시지를 전달한다. 이런 이유로 우리는 말 한마디 없이 상대방의 생각과 심정을 알아챈다.

작가는 날카로운 관찰과 통찰의 힘을 키워야 하며 그 힘을 지면에 옮길 수 있어야 한다. 독자의 기대치는 언제나 높다. 독자는 설명을 싫어한다. 독자는 체험하고 싶어 한다. 독자의 정서에 호소하려면 설명이 아니라 묘사가 답이다. 무엇보다 감정 묘사를 잘해야 한다.

언어 밖의 대화

작품에서 대사, 말의 형태로 표현되는 대화는 등장인물이 처한 어려운 상황이나 등장인물의 생각과 의지 등을 표현할 때 알맞은 수단이다. 하지만 대화로는 등장인물이 겪는 생생한 느낌을 전부 담아낼 수 없다. 어떤 느낌을 제대로 표현하려면 '언어 밖의 대화'에 집중해야 한다. 여기에는 크게 세 가지가 있다. 각각 '외적인 동작', '내적인 반응', '생각의 흐름'으로 이해할 수 있는데, 구체적으로 외적인 동작은 '몸짓'이며 내적인 반응은 호흡 변화 등의 신체적인 '반응'을 말한다. 그리고 생각의 흐름은 의지와 욕망의 흐름, 즉 '사념(思念)'이다.

몸짓

특정한 감정 상태에 빠지면 몸이 반응한다. 감정의 강도가 셀수록 몸의 반응은 의식의 통제를 벗어나 격렬한 몸짓으로 나타난다. 작품에 등장하는 인물들은 하나하나 그 성격과 모습이 달라야 한다. 그런데 우리는 이 '몸짓'으로 인물마다 개성을 부여할 수 있다. 몸짓을 묘사해 누군가의 감정을 드러내고 등장인물의 성격을 잡아가는 방식엔 고맙게도 한계가 없다.

사념(思念)

사념의 묘사는 등장인물의 마음에 창을 다는 것과도 같다. 사념은 감정 체험과 동시에 일어나는 사고의 흐름이다. 우리의 생각은 늘 조리 있게 이뤄지지는 않는다. 빛의 속도로 이 주제와 저 주제 사이를 넘나든다. 따라서 사념의 묘사는 등장인물의 변화무쌍한 의식 세계를 독자에게 전달하는 최상의 방법이다. 또한 장소, 인물, 사건 등이 등장인물에게 어떤 영향을 끼쳤는지 보여줄 수 있으며 이로써 작품의 내용은 흥미진진해진다. 사념의 묘사는 작품의 어조를 좌우하기도 한다.

반응

　　　　　　　　　반응 묘사, 즉 신체 변화의 묘사는 '언어 밖 대화' 중에서도 가장 효과적이지만, 가장 섬세하게 다뤄야 한다. 호흡, 심장 박동, 변덕, 아드레날린 분출 등은 본능의 영역으로 의식과 무관한 대응을 불러온다. 본능인 만큼 모두가 비슷한 자극을 체험한다. 따라서 독자의 공감을 쉽게 이끌어낼 수 있다. 그러나 반응 묘사는 조심해야 한다. 묘사가 거칠어지면 통속 드라마가 된다. 또한 반응 묘사는 다루기 쉽기에 상투적으로 흐를 위험성도 크다. 넘치나 모자라나 똑같이 나쁜 법, 반응 묘사는 가볍게 접근하는 것이 좋다.

중심 잡기

　　　　　　　　　앞서 살펴본 대로 작품에서 감정 묘사는 중요하다. 이로써 독자는 등장인물에 빠져들 수 있다. 하지만 잘하기가 꽤 어렵다. 장면 장면의 균형과 안배가 중요하다. 무엇보다 참신하고 매혹적이어야 한다. 닳고 닳은 상투적인 표현에 익숙해지면 좋은 묘사는 물 건너간다. 어떻게 하면 등장인물의 묘사를, 더 자세하게는 등장인물의 감정 묘사를 잘할 수 있을까. 바로 이 책에 담긴 고민이다. 부디 예비 작가들과 글을 쓰는 모든 이에게 작은 도움이라도 되었으면 하는 바람이다. 어디에서부터 시작할까. 우선 몇 가지 일반적인 장애물을 살펴보고 대안을 찾아보도록 하자.

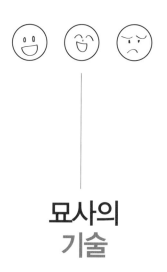

묘사의
기술

설명하지 마라

　　　　　설명으로 작품의 정서를 전달할 수는 없다. 독자에게 정서를 전하고 싶다면 생생한 현장을 보여주어야 한다. 그런데 보여주기보다는 설명이 훨씬 쉽다. 이것이 글쓰기의 가장 큰 어려움이다. 아래의 예문을 보자.

　입을 떼는 순간 김 부장의 눈은 슬퍼졌다.
　"미안해요, 은숙 씨. 하지만 회사에서는 이제 당신이 필요치 않다는군요."
　순간 은숙은 그 어느 때보다도 강한 울분에 복받쳤다.

이렇게 쓰기는 쉽다. 그러나 막상 읽어보면 그저 그렇다. 독자는 영민해서 머릿속으로 사태를 형상화해가며 읽는다. 따라서 장면을 설명하면 달가워하지 않는다. 독자는 등장인물의 정서와 심리를 구구한 말로 늘어놓은 작품을 싫어한다.

'설명'이 지닌 또 하나의 위험은 독자와 등장인물의 거리를 떼어놓는다는 점이다. 그렇게 되면 책 읽기의 뒷맛이 좋을 리 없다.

앞의 예문에서 우리는 김 부장이 어렵게 은숙에게 해고를 통보하자 은숙이 분노에 휩싸였음을 알 수 있었다. 하지만 작가의 의도는 이게 다가 아니었을 것이다. 작가는 이 장면에서 두 등장인물의 감정선(感情線)을 독자가 따라가기를 바랐을 것이다. 그러나 그렇게 하지 못했다. (여기에서 작가는 '슬퍼졌다'와 '울분'이라는 단어로 '설명'해버리고 말았다.) 그렇게 하려면 등장인물의 정서를 섬세하게 보여줘야 한다. 설명에 기대면 작품의 힘이 떨어질 수밖에 없다.

은숙은 의자 끝에 살짝 걸치고 앉아 박스에서 막 꺼낸 연필처럼 허리를 꼿꼿이 세웠다. 그러고는 김 부장의 얼굴을 바라보았다. 직장에서 그와 함께 보낸 시간만도 자그마치 16년이었다. 몸이 천근만근일 때도 아이들이 앓아누웠을 때도 그녀는 땀내에 찌든 만원 버스를 타고 꾸역꾸역 출근했다. 김 부장은 그녀의 눈을 자꾸 피하는 눈치였다. 그저 책상 위에 놓인 서류를 뒤적거리거나 탁상 달력 같은 것들을 쓸데없이 만지작거릴 뿐이었다. 그는 쉽게 말을 꺼내지 못했다. 하지만 은숙은 '아무렇지도 않아요'라고 그를 다독일 여유가 없었다. 그녀는 지갑 안쪽이 반듯해지도록 자꾸만 매만졌다. 지갑 안엔 아이들의 사진이 들어 있었다. 은숙은 사진에 조그마한 주름이라도 생기는 게 싫었다.

김 부장은 여러 번 자신의 목청을 가다듬었다.

"은숙 씨…… 아니 정 팀장…… 아무래도 회사를…… 그만둘 때가 온 것 같아요."

은숙은 자리를 박차고 일어났다. 의자가 뒤로 팅겨 나가더니 쾅 하고 벽에 부딪혔다.

이렇게 되면 독자는 은숙의 분노에 공감할 여지가 커진다. 차이는 설명이 아닌 묘사에 있다. 적절한 비유와 구체적인 동사는 독자의 머릿속에 장면을 그려넣는다. 꼿꼿이 편 허리와 지갑을 매만지는 손, 그리고 의자가 부딪치는 소리를 따라가다 보면, 독자는 마치 바로 옆에서 이 장면을 목격한 것처럼 느끼게 된다. 이것이 바로 묘사의 힘이다.

또한 위 예문의 작가는 하나의 장면 묘사 속에 인물의 캐릭터를 녹여놓았다. 은숙은 여유 있는 처지가 아니다. 그녀에겐 먹여 살려야 할 아이들이 있다. (인내심과 자부심이 강하며 직장 상사인 김 부장과는 개인적인 친밀감이 있어 보인다.) 이런 정보는 은숙을 입체적인 인물로 만들어준다. 결국 입체적인 인물이 독자를 작품으로 끌어당긴다.

묘사는 설명보다 훨씬 더 힘이 든다. 예문의 글자 수만 헤아려봐도 단박에 알 수 있다. 하지만 묘사, 즉 '보여주기'는 그럴 만한 가치가 있다. 우선 독자와 등장인물의 거리를 좁혀준다. 공감의 여지도 커진다. 어떤 대목에서는 등장인물의 느낌을 독자에게 구구한 말로 설명하는 게 용납될 수도 있다. 특히 이런저런 정보를 주마간산식으로 훑고 가야 할 때나 국면을 전환해야 할 때는 그렇다. 하지만 그런 대목은 1퍼센트도 되지 않는다. 나머지 99퍼센트는 묘사로 이끌어가야 한다.

상투적인 묘사를 피하라

어떤 문장이 상투적이라는 것은 좋지 않다는 것이다. 그런 데에는 합당한 이유가 있다. 참신한 표현이 어려워 쉬운 문장에 안주하려는 작가의 게으름이 빤히 보이기 때문이다. 그런데도 쓰다 보면 상투적 표현이 계속 등장한다.

입이 귀에 걸리는 함박웃음.
뺨을 타고 흘러내리기 직전, 눈에 고인 이슬 한 방울.
양쪽 무릎이 후들거리며 휘청이는.

입이 귀에 걸린 함박웃음은 행복이고 후들거리는 무릎은 공포이다. 안타깝게도 이 표현엔 깊이가 없다. (너무 많이 써서 이미 죽은 표현이다.) 이런 표현은 섬세하고 다양한 감정의 결을 뭉개버린다. 눈가에 고인 이슬 한 방울도 마찬가지이다. 슬프다. 얼마나? 어떻게? 흐느껴 울 만큼? 아니면 비명을 질러댈 만큼? 혹은 몸이 허물어질 정도로? 이제 약 5분 뒤에 울부짖게 될까? 아니면 웃게 될까? (상투적 표현은 너무 익숙해서 정서적으로 다른 여지를 주지 않기에 작품을 망가뜨린다.) 독자와 등장인물 사이엔 훨씬 더 세밀한 정서적인 울림이 있어야 한다.

어떻게 해야 할까. 등장인물의 감정 상태, 즉 어떤 정서를 묘사할 때는 우선 자신의 몸을 들여다봐야 한다. 등장인물의 느낌, 변화를 내 몸속에서 떠올려보자. 쉬운 예로 흥분하면 심장의 박동수가 빨라진다. 다리도 후들거린다. 평소 또박또박하게 말하던 사람도 흥분하면 두서가 없어지고 말투도 다급해진다. 또한 목청도 높아진다. 특정한 감정을 느끼면 몸

안팎에 변화가 생긴다. 작가는 그 변화를 섬세하고 생생하게 따라가야 한다.

분명, 이 책에 실린 항목들은 그러한 감정 묘사의 폭을 넓혀줄 것이다. 하지만 섬세한 관찰은 각자의 몫이다. 좋은 묘사를 하려면 관찰과 사유가 뒤따라야 한다. 주변 사람을 유심히 관찰해보라. 피와 살이 있는 실재 인물이어도 좋고 영화에 등장하는 인물이어도 좋다. 그들이 혼란스러워하거나 어찌할 바 몰라 하거나 짜증스러워할 때 어떻게 행동하는지 적어보라. 얼굴은 특징을 잡아내기가 쉽다. 하지만 몸의 나머지 부분을 묘사하다 보면 밋밋한 설명으로 흐르기 십상이다. 목소리의 색깔부터 세세한 몸짓을 잘 관찰하고 꼼꼼히 묘사해보라. (묘사하려는 대상과 묘사하는 작가 사이에서 작품의 깊이를 가늠할 사유가 잉태한다.) 처음엔 힘이 들지만, 자기도 모르는 사이에 좋은 작품을 쓰고 있을 것이다.

좋은 작품에 등장하는 인물은 누구 하나 버릴 사람이 없다. 어떻게 접근할까. 사람은 다 다르다는 점을 명심하자. 이를 닦을 때도 운전할 때도 저녁을 준비할 때도 개개인은 다 다르다. 감정도 마찬가지이다. 화가 났다고 해서 모든 사람이 소리 지르고 물건을 집어 던지는 것은 아니다. 어떤 사람은 목소리가 더 낮아진다. 또 어떤 사람은 아예 입을 닫는다. 이런저런 이유로 많은 사람이 자신들의 분노를 감춘 채 마음이 상하지 않은 것처럼 행동한다. 결국, 한 등장인물, 바로 '그 인물'에게만 나타날 법한 감정 묘사가 필요하다. 그럴 수만 있다면 당신은 이미 작가이다.

'아침 드라마'를 피하라

인간의 감정과 그 표현 정도가 균일하다면 묘사에서도 특별한 어려움은 없을 것이다. 그러나 사람이 느끼는 감정의 강도나 그 표출 방법은 제각각이다. 공포를 예로 들어보자. 상황에 따라 느끼는 공포감은 단순한 당혹스러움에서 신경쇠약이나 숨 막히는 공황장애에 이르기까지 천차만별일 수 있다. 아주 극단적인 감정은 그냥 극단적으로 묘사하면 그만이다. 그러나 미묘한 감정선은 그에 맞는 묘사 방식이 필요하다.

안타깝게도 감정을 묘사하라고 하면 대부분 일단 드라마틱하게 처리하려 한다. 슬픈 사람은 펑펑 눈물을 쏟아내고 행복한 등장인물은 폴짝폴짝 뛰어다닌다. 이런 종류의 글쓰기는 아침 드라마에나 어울린다. 아침 드라마에 등장하는 인물은 현실적인 것 같지만 사실 비현실적이다. 실제 현실에서 나타나는 감정의 양상은 그렇게 전형적이지 않다.

아침 드라마에 빠지지 않으려면 우리의 감정이 평온한 상태부터 극단까지 언제든지 왔다갔다할 수 있다는 점을 인식해야 한다. 각각의 상황에 맞춰 등장인물의 감정선이 어디에 놓여 있는지를 파악하고 그것에 알맞은 묘사 방법을 찾아내야 한다. 좋은 묘사는 감정선의 미묘함을 놓치지 않는다.

M은 엄지손가락으로 핸들을 톡톡 두드리며 한쪽 팔을 차창 밖에 걸쳐두고 있었다. 그러면서 혜미에게 미소를 지어 보였다. 하지만 그녀는 손가락으로 머리 한 올을 비비 꼬면서 잠자코 앉아 있기만 했다.

"내일 있을 인터뷰 때문에 걱정돼서 그래?" M이 물었다.

"조금요. 아주 좋은 일이긴 한데 시기가 좀 별로라서요. 처리해야 할 일들이 너무 많아요." 혜미는 한숨을 내쉬었다.

"좀 일을 줄이는 게 어떨까 생각 중이에요. 조금 더 단순하게 말이죠."

"좋은 생각이야."

M은 라디오에서 흘러나오는 음악에 맞춰 고개를 까딱거리며 곁으로 쏜살같이 지나가는 오토바이 운전자에게 손을 흔들어 보였다.

"당신이 동의해주니 기쁘네요." 혜미는 M을 똑바로 응시했다.

"이제 우리 그만 끝내야 할 거 같아요."

M의 발이 가속 페달에서 스르르 미끄러졌다. 차 안의 공기가 일순간 무거워졌다. 호흡하기가 힘들 정도였다. 차가 중앙선을 넘어갔다. 그런데도 그는 운전대를 놓고 있었다. 죽든지 살든지 관심이 없다는 투였다.

M에게 그럴 만한 심리적인 이유가 없다면 일순간에 평정심을 잃는 상황은 비약이 심해 억지스러워 보일 수 있다. 현실에서라면 만족스러운 상태에 있다가 어떤 쇼크를 받아 결국 비탄에 빠지는 식으로 전개되는 게 자연스러울 것이다. 그런데 이와 같은 감정의 굴곡을 잘 전개하기가 쉽지 않다.

"당신이 동의해주니 기쁘네요." 혜미는 M을 똑바로 응시했다.

"이제 우리 그만 끝내야 할 것 같아요."

M의 발이 가속 페달에서 스르르 미끄러졌다.

"끝내다니? 도대체 지금 무슨 소리를 하는 거야?"

"어차피 우리는 얼마 전부터 계속 이렇게 되는 쪽으로 향해 왔어요. 당신도 그렇다는 거 알고 있잖아요."

M은 핸들을 꽉 움켜쥐고 깊은숨을 몰아쉬었다. 그래, 이 사태를 돌이키기에는 이미 늦었다. 그녀는 서로 시간을 좀 가져보자는 이야기를 그동안 줄기차게 해왔다. 하지만 매번 그런 말을 없던 것으로 하자고 한 것도 그녀였다. 그런데 결국 이제 와서 그녀는 돌이키지 못할 말을 내뱉고 말았다. "이제 그만 끝내야 할 것 같아요"라고 말이다.

"이봐, 혜미."

"제발요. 그러지 마세요. 이제 와서는 나한테 무슨 소리를 해도 소용없어요." 혜미는 대시보드만 물끄러미 내려다보았다. "미안해요."

누군가 내장을 두 손으로 비트는 듯했다. M은 혜미를 쏘아보았다. 하지만 그녀는 이미 차창 쪽으로 몸을 반쯤 돌려 그의 시선을 외면했다. 그녀의 두 손은 가지런히 무릎 위에 놓여 있었다. M은 그런 그녀의 모습을 멀거니 바라보았다. 그들의 관계는 완전히 끝장나고 만 것이다.

여기에서 중요한 점은 등장인물의 감정 변화가 사실적이어야 한다는 것이다. 작품이 아침 드라마로 빠지지 않으려면 감정선의 전개 과정을 세밀하고 치밀하게 조직해야 한다. (그렇다고 구구절절이 하라는 이야기가 아니다. 등장인물의 감정 변화에 독자가 빠져들 수 있도록 해야 한다는 의미이다.)

당연한 사실이지만 현실에서는 극단적인 감정이 표출될 때가 별로 없다. 출생, 죽음, 상실, 사고 등 극히 일부 상황만이 강렬한 반응을 일으킨다. 그나마 짧게 지속될 뿐이다. 그러나 습작을 해보면 몰입도를 높이고자 극적인 사건들을 이리저리 끌어다 쓰게 된다. 이런 시도는 감정선이 늘어지며 문장도 길어진다. (게다가 중요한 일이 너무 많아 어떤 일도 중요해지지 않는 효과를 불러온다.) 결국 아침 드라마로 빠지게 된다. 설령 현실에서조차 이처럼 센 감정들이 자주 그리고 오래 일어난다손 치더라도 글에서는 그럴 수 없다. 이러한 정황을 독자에게 이해시키기는 사실상 불가능하다.

오히려 가능한 한 감정을 절제함으로써 아침 드라마에서 벗어나는 게 옳다. 현실에서도 감정을 절제할 때 좋은 일이 더 많이 찾아오는 법이다. 예를 들면 상대방과 대화할 때 특히 그렇다. 말을 줄이는 것은 좋은 관계에 도움이 된다. 장황한 일상사도 짧게 줄일수록 좋다. 독자는 등장인물이 살림을 산다거나 직장에서 업무를 처리하는 모습을 졸졸 따라다니는 것을 싫어한다. (인물과 관련된 묘사의 범위는 전체 작품의 의도와 연결해 꼭 필요한 부분에 집중해야 한다.)

같은 원리로 등장인물의 감정선을 묘사할 때는 장면마다 리듬과 호흡을 생각해야 한다. (중요한 것은 감추고 그 중요한 것을 독자가 찾을 때 느끼는 희열을 독자에게 선물로 남겨줘야 한다.) 반드시 여유를 가져야 한다. 하지만 지루한 것은 안 된다. 무엇보다 등장인물들의 감정선을 제대로 다루면 독자의 공감을 이끌어낼 수 있다. 그러니 거기에 맞춰 우리가 구사하는 언어의 가능성이 극대화되도록 노력해야 한다. 그렇다고는 해도 독자의 호의적인 반응에만 너무 연연해할 필요는 없다.

대사보다는 묘사가 답이다

언어 밖의 것을 표현하는 글쓰기, 즉 묘사는 터득하기가 워낙 녹록지 않다. 따라서 어떤 작가는 묘사를 피하고 대화(대사)나 진술로 작품을 끌고 가기도 한다. 등장인물의 생각과 느낌을 대화(대사)나 진술(여기에서는 사념을 직접 드러내는 것을 말한다)로만 처리하면 몇 가지 문제가 생긴다.

"그게 정말, 정말 사실인가요?" 내가 물었다.
"틀림없다니까!" 마 교수가 대답했다. "끝까지 막상막하였어. 하지만 결국 자네가 치고 올라갔지. 축하하네 진석군!"
"믿을 수가 없네요." 내가 말했다. "제가 졸업생 대표로 뽑히다니, 정말 기쁩니다!"

작품에서 대화나 대사의 언어 선택은 매우 중요하다. 하지만 그것만으로는 모든 것을 다 처리할 수 없다. 작가는 곧바로 난관에 봉착하게 된다. 예문의 작가는 결국 "정말 기쁩니다"와 같은 직접적인 대사를 쓰고 말았다. 게다가 그것마저 불안한지 느낌표를 사방에 날려대고 있다. 대화 사이에 끼어드는 구체적인 행위가 없다면, 대화는 부자연스러워 보이기 십상이다. 다른 한편으로 사념을 드러내는 진술에만 의존하는 것에도 문제가 있다.

나의 심장 박동수가 아마도 160까지 상승하는 것 같았다. 해냈다! 내가 졸업생 대표로 뽑히다니! 나는 P가 치고 올라갈 것으로 확신하고 있었다. 그는 물리학 연구소에서 단연 돋보이는 수재였으니까. 녀석은 사시사철 도서관에서 살다시피 하는 공부벌레였다. 나는 마 교수를 얼싸안았다. 창피한 것도 몰랐다. 지금 당장은 아무것도 거칠 게 없었다. 내가 해낸 것이다! 왕재수 P,

바로 그 녀석을 내가 제친 것이다!

이 예문은 문제없어 보인다. 내적으로나 외적으로 나타날 수 있는 신체 반응도 묘사해놓았다. 진석이 몹시 흥분해 있다는 사실을 독자는 분명히 알 수 있다. 그럼에도 뭔가 부족하다. 울림이 없기 때문이다. 이런 장면에서의 핵심은 결국 대사에 드러난다. 마 교수와 진석은 엄연히 대화를 나누던 중이었다. 그런데 진석은 너무 흥분한 나머지 자기 머릿속에서 밖으로 나오지 못하고 있다. (왜냐하면 대사를 받쳐줄 묘사가 없기 때문이다.) 내적인 대화 즉 독백은 어떤 작품에서든 중요한 요소이다. 묵묵한 관조의 내용을 한 문단 이상으로 표현해낸 작품도 많다. 하지만 위의 예문은 그런 예에 들어맞지 않는다. 결국 감정 묘사(언어 밖의 대화), 대화(대사), 독백(사념) 등이 어우러져야 하나의 장면에 힘이 실리게 된다.

갑자기 심장 박동수가 160까지 치닫는 것 같았다. 아니야, 내가 잘못 들었나. 과로나 수면 부족, 혹 엉뚱한 망상에 사로잡혀 있는 것일지도 모른다.

"그게 정말……." 나는 목청을 가다듬었다. "그게 정말 사실인가요?"

"마지막까지 막상막하였네만, 결국 자네가 치고 올라갔어. 축하하네, 진석군."

믿기지 않아 나는 내 살집을 꼬집었다. 졸업생 대표라. 어떻게 내가 사시사철 연구소와 도서관에서만 처박혀 지내는 공부벌레를 제칠 수 있었단 말인가? 내가 물리학에서 따낸 학점은 고작 B였는데도 말이다.

"그래도 내가 해낸 거야." 나는 그렇게 웅얼거렸다.

마 교수는 내 손을 덥석 잡고 흔들었다. 나는 불현듯 달려들어 마 교수를 와

락 얼싸안아 힘껏 들어 올렸다. 두고두고 민망할 일이었지만 당장은 아무것
도 거칠 게 없었다.

"제가 해냈어요! P를, 바로 그 P를 제가 제친 거라고요!"

마 교수는 조용한 목소리로 말했다.

"자네는 이렇게 되리라는 것을 이미 알고 있었을 텐데."

정서를 표현할 때는 수법을 다양하게 써보는 게 좋다. 힘 있는 드라마
를 이끌어가려면 대사와 묘사의 조화가 필요하다. (전체적으로는 장면의
묘사가 중요하며 대사는 그 묘사를 더 빛내주는 역할이 되도록 해야 한다.)

만들어진 과거와 등장인물

당연하게도 모든 등장인물은 저마다
의 과거가 있다. 그리고 그 과거는 현재 진행되는 사건과 상황에 영향을
준다. 왜 그가 혹은 그녀가 지금과 같은 상황에 놓였을까. 이 궁금증이
풀리면 독자는 인물에 몰입할 수 있다.

영화 〈조스(Jaws)〉를 예로 들어보자. 상어 사냥꾼 퀸트는 자신이 등장
하는 첫 장면에서 길게 기른 손톱으로 칠판을 긁어내린다. 순간 그는 비
호감의 인물로 자리 잡는다. 관객은 계속해 거칠게 행동하고 나이 어린
미스터 후퍼를 괴롭히는 퀸트를 점점 싫어하게 되지만, 그가 전쟁 중에
바다에 빠져 닷새 밤낮 동안 상어와 사투를 벌인 적이 있다는 경험담을
털어놓는 순간 관객은 그를 이해하기 시작한다. 여전히 거칠게 굴지만,
관객은 그의 행동에 어느 정도 공감하면서, 중요한 등장인물로 새롭게

인식하기 시작한다. 관객은 상어와의 사투가 이어지는 동안 퀸트가 제발 이 시련을 극복하고 더 나은 삶을 살길 바라며 응원한다. 등장인물의 과거가 얼마나 중요한지 잘 보여주는 예이다.

과거가 없는 사람은 없다. (기억이 완전히 지워진 인물이라도 지워진 기억이라는 과거가 있다.) 작가는 등장인물이 왜 현재와 같은 상황에 놓였는지, 그 정보를 독자에게 효과적으로 전해주어야 한다. 하지만 어느 정도까지 보여주어야 하나? 이것을 결정하기가 생각보다 쉽지 않다. 많은 작가가 독자의 공감을 확보하려고 과거 노출에 상당한 비중을 할애한다. 하지만 분량이 너무 많으면 이야기의 진행 속도를 늦출 뿐 아니라 독자가 지루해한다. 알겠으니까 어서 다음으로 넘어가자며, 책장을 후두두 넘길 수도 있다.

퀸트를 반미치광이로 만든 불행한 과거사는 수도 없이 많을 것이다. 그러나 그 영화에서 나머지는 불필요하다. 치밀하게 계산된 한 가지 에피소드면 충분하다. 등장인물의 과거사를 지루하게 않게, 효과적으로 보여주려면 선택과 집중이 필요하다. 그리고 그것을 이야기의 진행 속도에 맞춰 어디에 넣을지, 얼마나 나누어 넣을지 고민해야 한다. 좋아하는 작품의 등장인물을 본보기로 삼아 써보는 것도 연습이 된다. 악역이어도 상관없다. 이야기를 따라가면서 작가가 선택한 과거사의 실마리가 무엇이며 그것을 어떻게 풀어냈는지 확인해보면 큰 도움이 된다. 등장인물의 과거사는 다루기 어려운 영역이다. 다른 영역과 마찬가지로 문제는 역시 넘치지도 모자라지도 않는 균형감이다.

감정 묘사
사전 사용법

살아 있는 캐릭터는 작품에 생동감을 불어넣는다. 이로써 독자는 작품에 몰입할 수 있다. 물론 그렇게 하기가 쉽지 않다. 그러나 좋은 작품을 쓰려면 참신한 착상으로 등장인물의 감정 상태와 성격을 드러내야만 한다. 앞서 살펴본 대로 대화, 진술, 묘사의 조화가 잘 이뤄져야 함은 물론이다. 이 책에서 작은 단서라도 찾기를 바란다. 이 책의 활용법은 무궁무진하지만, 다음의 몇 가지 방법은 실제 글을 써갈 때 크게 도움이 될 것이다.

감정의 뿌리를 살펴보라

　　어떤 상황에서는 감정이 하나만 튀어 나올 수 있다. 그러면 쉽게 그 감정선이 무엇인지 확인할 수 있다. 하지만 우리는 대부분 한순간에 하나 이상의 감정을 느낀다. 그러면 어떻게 이 같은 미묘한 감정의 중복을 독자에게 잘 전달할 수 있을까. 한 걸음 뒤로 물러나 등장인물이 품은 감정의 뿌리가 무엇인지부터 확인해보라. 바로 이 뿌리에서 등장인물의 여러 감정이 갈라져 나왔을 가능성이 높다. 이렇게 감정의 뿌리를 찾고 나면 그에 상응하는 용어의 항목을 검토해보라. 어떻게 표현할지, 어떤 묘사가 가능할지, 등장인물의 정서를 표현할 단서를 찾을 수 있을 것이다. 아니면 미처 생각지 못한 더 나은 것을 발견할지도 모른다. 우선 감정의 뿌리만 명확하게 해놓아도 된다. 그러고는 이 책을 펼쳐보라. 한결 미세한 단계의 여타 감정들을 찾아볼 수 있을 것이다. 그러다 보면 작품에 드러내야 할 정서의 그물망 전체를 잡아나갈 수도 있다.

공간을 생각하라

　　등장인물은 구름 위에 붕 떠 있는 존재가 아니다. 그들은 발을 땅에 딛고 세상과 끊임없이 상호작용을 나누며 살아간다. 누군가 주방 바닥에 떨어져 박살난 와인잔 조각을 치우며 심하게 투덜거릴 수 있다. 하지만 그 누군가가 사무실 바닥에 떨어져 깨진 유리잔을 치운다면 어떻게 화를 표출할까. 사무실의 출입문을 쾅 닫거나 신경질적으로 자판을 두드려댈지도 모른다. (아니면 애써 웃으며 착한 사람처럼 보이고자 할지도 모른다.) 감정 표출은 등장인물이 처한 공간을 고려해야 한다. 이 책의 항목을 참조할 때 공간 배경을 늘 염두에 두면 훨씬 생생한 묘사가 가능할 것이다.

넘치나 모자라나 좋지 않다

등장인물을 묘사하려고 너무 많은 신호를 동원하다 보면 자칫 이야기의 진행 속도가 느려지면서 독자의 감정도 둔해질 위험 부담이 있다. 이것은 작가가 감정의 뿌리를 분명하게 해두지 않았을 때 생기는 문제이다. 한편으로는 별로 효과적이지 않은 묘사를 계속 덧칠하기 때문이기도 하다. 좋은 묘사, 그러니까 인상적인 묘사는 곧바로 독자의 머릿속에 선명한 그림으로 그려지는 묘사이다. 독자는 충분히 알고 있으므로 너무 친절하면 오히려 그림이 흐려진다. 늘어지는 묘사는 좋지 않다. 독자의 관점에서 생각하라. 그러면 누구라도 빠져드는 작품을 쓸 수 있다.

상투적 표현을 조심하라

묘사의 발상은 참신해야 한다. 그런데 우리는 알게 모르게 어떤 습관 같은 것이 배어 있어 어디서 본 듯한 표현을 반복하기 마련이다. 이 책에 소개된 각각의 항목을 상황에 따라 참고하면 적어도 상투성을 피할 수 있다. 만약 '흔들리는 눈빛'이나 '앙다문 주먹' 같은 상투적 표현을 자주 쓰는 사람이라면 큰 도움이 될 것이다. '전율'을 예로 들어보자. 이것은 일반적으로 공포나 환희, 불안이 엄습해올 때 느끼는 감정이다. "등골이 오싹한 전율을 느꼈다." 이는 아무 감응도 일으키지 못하는 낡은 문장이다. 물론 전달하고자 하는 현상은 확실하게 전달했다. 그러나 묘사는 참신해야 한다. 종아리가 오싹하면 안 되는가, 포도나무 덩굴을 한 줄로 기어올라 잎사귀를 갉아 먹는 개미떼를 비유로 사용하면 어떤가? 전율을 묘사하되 '전율'이라는 단어를 쓰지 않는다면 더욱 좋다. 오감에 작동하는 느낌을 적절하게 묘사해보자. 무엇보다 실패를 두려워하지 말아야 한다. 낡은 묘사에서 벗어나는 방법은 무궁무진하다.

더 좋은 것을 찾아보라

등장인물의 묘사에 필요한 몸짓, 신체의 변화, 그리고 사념 등은 지극히 개인적인 체험의 영역에 속한다. 따라서 이 책에서 소개하는 항목들은 절대적이지 않다. 이 책의 각 항목은 사고와 표현의 폭을 넓혀줄 단서를 제공한다. 따라서 당연한 이야기이지만, 이 책은 어떻게 활용하느냐가 중요하다.

등장인물은 하나하나 개성이 강하다. 그리고 그 개성은 주로 타인과의 관계성 속에서 드러난다. 그러니 작가는 등장인물이 타인과 관계를 맺을 때 드러내는 감정 표출로 등장인물의 개성을 창조해야 한다. 상황은 천차만별일 것이다. 그러나 여기에 정리된 항목을 참고하면 어떤 길이 보일 수도 있다. 내가 묘사해야 하는 필요한 감정 상태를 우선 찾아보고 단서를 찾다 보면 '바로 그것'을 찾을 수도 있고, 전혀 다른 '새로운 것'을 발견하거나 떠올릴 수 있을 것이다. 여기 실린 항목이 하나의 단서가 되어 각자 더 좋은 묘사를 찾아내길 바랄 뿐이다. 읽어보면 확실히 도움이 될 것이다.

막히면 돌아가라

대부분 작가는 머릿속에 떠올렸던 완벽한 상황이 글로는 잘 묘사되지 않을 때 끙끙 앓게 된다. 그럴 때도 이 책은 도움이 된다. 우선 머릿속에 떠올렸던 상황과 비슷한 다른 항목들을 쭉 훑어보라. 각 항목에는 각각 다른 상황이 실려 있다. 이렇게 인접한 목록을 검토하다 보면 뭔가 새로운 발상이 번쩍하고 튀어 오를 수도 있다.

시점을 조심하라

강력한 정서가 표출될 때, 그것은 대부분 몸의 반응으로 나타난다. 그런데 그 반응의 진원지는 몸의 내부이다. 그러므로 시점에 따라 퍽 난감한 상황에 직면할 수 있다. 1인칭이라면, 다른 이의 내부 반응을 묘사할 수 없다. 3인칭이라도 전지적 작가 시점이 아니라면 이 또한 어색해진다. 이럴 때는 눈에 보이는 현상을 포착해 묘사함으로써 내부의 반응을 독자에게 전달해줄 수 있어야 한다. 얼굴의 변화, 목덜미의 변화, 손짓과 같은 행동의 변화 등 누구라도 관찰할 수 있는 특징을 잡아내야 한다. 그래야 시점의 일관성을 해치지 않으면서도 등장인물의 정서를 이끌어갈 수 있다. 몸 밖에서 일어나는 물리적인 현상엔 언제나 내부의 신호가 담겨 있음을 놓치지 말아야 한다. (생체 반응은 따로 정리해놓았다.)

작품을 쓰고자 하는 많은 이에게 이 책이 조금이라도 도움이 되었으면 한다. 이 책은 답안지가 아니라 생각할 시간을 벌어주는 참고서이다. 이 책에서 어떤 단서를 발견해 한 사람이라도 독창성을 발휘한다면 정말 기쁠 것이다. 여기 소개한 항목을 긴 여행에 빗대자면 아직 터미널도 빠져나가지 못한 꼴이다. 그러나 이 책은 그 긴 여행에서 꽤 써먹을 데가 많은 착한 동반자가 되어줄 것이다.

인간의 75가지 감정 표현법

THE EMOTION THESAURUS

01 갈등하다 대립하다

CONFLICTED

누군가와 날을 세워 맞선 상태. 관계가 불편한 상태.

몸 짓 PHYSICAL SIGNALS

얼 굴

약간 찡그린 표정 속에 굳게 다문 입술.
자주 침을 삼키거나 눈을 깜빡거린다.
불안하게 흔들리는 미소.
숨바꼭질하는 시선, 정면으로 눈을 마주치는 것을 피함.
머리가 흔들거린다.
사색에 잠긴 표정.
아랫입술을 문지르거나 꼬집는다.
이쪽저쪽으로 머리를 갸웃거린다.
잔뜩 찌푸린 미간.
시선이 아래로 향한다.
선선히 고개를 주억거리면서도 얼굴을 찡그린다.
코를 찡그린다.

손 짓

자신의 목이나 뺨을 긁적거린다.
귓불을 문지르거나 잡아당긴다.
검지로 입술을 톡톡 건드린다.
손으로 머리를 헝클어뜨린다.

셔츠의 앞섶(심장 바로 위쪽)에 대고 손을 문지른다.
손을 앞으로 내밀어 어느 쪽을 고를지 저울질한다.
주먹으로 입을 틀어막는 동안 다른 손으로 팔꿈치를 움켜쥔다.

목 소 리

말문을 열까 하다 이내 닫아버린다.
정확한 단어를 고르려고 매번 고심한다.
말로는 지원을 약속하지만, 어조에는 별다른 열의가 없다.
목구멍에서부터 "음" 하는 소리를 낸다.
말로 갈등의 형국임을 자인한다. "이건 참 힘든 결정이야."
놀라움을 드러낸다. "오호! 당신은 내 허점을 제대로 짚었어."
조금 더 속속들이 파악해두려는 의도에서 질문을 던진다.
비슷한 체험이나 상황에 관해 다른 사람과 이야기를 나눈다.

행   동

어떤 동작을 취할 때 시작하자마자 멈춰버린다.
뭔가를 찾아 나설 듯하더니 이내 주저한다.
중간쯤 가다 방향을 바꾼다.
숨을 깊이 들이마신 뒤 느리게 내뱉는다.
자기 뺨을 찰싹 때리고는 공기를 깊이 들이마셨다 내뱉는다.

몸 가 짐

대화 단절로 소외를 자처한다.
점점 더 조용해지면서 활동성이 줄어든다.
다른 사람은 이럴 때 어떻게 했을까 궁금해한다.
가만히 앉아서 오랫동안 심사숙고한다.
자신의 심드렁한 반응을 사과하면서 착잡한 감정 탓으로 돌린다.
모든 일을 소화해내자면 약간의 시간이 필요하다고 생각한다.
눈을 감고 앞이마를 문지른다.
굽히는 듯싶다가도 이내 곧게 펴지는 무릎.

입장을 따질 여유가 없다. 무조건 속행한다.

옷을 말쑥하게 차려입는다.

바쁜 일손을 유지하려고 새 아이템을 시작한다.

하려던 동작들을 거둬들인다.

미소를 지을까 하다 머리를 가로젓는다.

똑바로 살아야 한다는 당위로 억지로 활기차 보이려 한다.

반응을 억누르거나 유보한다.

생체 반응 INTERNAL SENSATIONS

두통.

몸이 무거운 느낌.

흉부 압박감. 돌을 삼킨 느낌.

위장이 내려앉는 느낌.

식욕 상실. 입맛이 없다.

심리 반응 MENTAL RESPONSES

상황의 파장을 이해하고자 "만일"이라는 자문을 반복한다.

내적 갈등을 말로 표현하고 싶어 한다.

생각을 정리할 조용한 곳으로 떠나고 싶다.

내적 갈등이 심하지만 그 무엇도 집중하기가 어렵다.

한쪽으로 결정을 내릴 수 있도록 정신적 신념에 의탁하려 한다.

이런 상태가 장기간 지속할 때 나타나는 징후

흐트러지는 외관.

부스스한 머리.

남루한 옷차림.

실마리를 찾아 정보 수집에 집착.

위장이 뒤틀려 빈약한 식사를 거듭하면서 급격한 체중 감소.

스트레스와 만성 두통.

수면 장애.

자신감 상실.

결정을 내려야 할 상황을 자꾸만 회피한다.

탈모가 일어난다.

앞으로 심화할지도 모를 감정 단계 : 혼란(308), 무력감(168), 좌절감(248), 불안(140)
*( )의 숫자는 이 책의 쪽수.

이런 상태가 억압당할 때 나타나는 징후

자신은 어떤 것을 선택할 만한 위인이 아니라고 둘러댄다.

상황을 회피할 수 있는 구실을 꾸며댄다.

모든 것을 파기한 뒤 새롭게 재편하자고 제안한다.

긴장을 완화하거나 분위기를 가볍게 하고자 농담을 남발한다.

건성으로 고개만 끄덕거린다.

Writer's Tip

필요한 정보가 제시되어야 하는 장면에서, 이야기가 원활히 진행될 수 있도록, 등장인물은 그 정보를 말로 설명하는 게 아니라 계속 활발히 이어가는 동선 속에서, 충분한 유추로써 중요한 정보를 독자에게 전달해야 한다.

02 걱정하다
불안해하다

WORRY

뒤숭숭한 기분. 어떤 사건을 앞두고 있을 때 받는 스트레스.

몸 짓 PHYSICAL SIGNALS

얼 굴

이마를 찌푸린다.
입술을 깨문다.
울상을 짓는다.
감지 않아 떡 진 머리.
눈가에 다크서클이 생긴다.
눈가에 습기나 고통스러운 기색이 어려 있다.
눈꺼풀을 별로 깜빡거리지 않는다
(뭔가를 놓쳤을까 봐 걱정된다는 듯).

손 짓

목 부위의 살갗을 꼬집는다.
머리카락을 잡아당기거나 헝클어뜨린다.
눈썹을 비비거나 문지른다.
손을 바짓단에 대고 문지른다.
반복해서 얼굴을 만지작거린다.
손톱을 씹거나 손가락 마디를 깨문다.
양손을 동시에 움켜쥔다.
덜덜 떨리는 손으로 황급히 머리를 쓸어 넘긴다.

목 소 리

질문을 너무 많이 한다.
목청을 가다듬는다.
헛기침을 한다.

행 동

발을 동동 구르거나 깡충거린다.
다급한 걸음걸이.
커피를 자주 마시거나 줄담배를 피워댄다.
앉았다 일어섰다 다시 앉는다.
잠들지 못하고 침대에서 이리저리 뒤척인다.
입은 옷을 쓸어내리고 또 쓸어내린다.
감정을 스스로 다스리려는 노력으로 심호흡한다.

몸 가 짐

오랫동안 갈아입지 않은 듯한 옷을 입고 다닌다.
다른 사람과 별로 의사소통을 나누지 않는다.
어느 장소에 가면 계속해 여기저기 두리번거린다.
사랑하는 사람을 향한 애착이 심하다.
일부러 바쁘게 지내고자 중요하지도 않은 활동에 열중한다.
아파서 결근해야 할 것 같다고 전화한다.
늘 구부정한 자세로 다닌다.
스웨터나 지갑 또는 목걸이 따위의 소지품에 집착한다.

생체 반응 INTERNAL SENSATIONS

식욕 저하.
과민성대장증후근 증상을 보인다.
속이 쓰리거나 소화불량에 시달린다.
자꾸 입이 탄다.

심리 반응 MENTAL RESPONSES

확실한 결정을 내리지 못하고 우유부단하게 주저한다.

뭔가에 떠밀려 물건을 구매한다(전화기, 집, 차 등).

그 무엇에도 집중할 수가 없다.

스스로에 통제하고 다스려야 할 필요성을 느낀다.

지난 행동을 후회한다.

다른 사람과 거리를 두고 지낸다.

자기 혼자 멋대로 넘겨 짚기를 잘한다.

종종 분석 과잉으로 흐르기도 한다.

늘 최상의 경우만 가정한다.

자기방어 본능 과잉.

성마른 기질. 벌컥벌컥 화를 잘 내고 매사에 조급하다.

이런 상태가 장기간 지속할 때 나타나는 징후

체중 감소.

조로 현상.

새로운 주름살이 계속 는다.

학교에서 시험을 망치고 직장에선 업무 실적을 올리지 못한다.

궤양. 불안발작.

공황장애.

혈압 상승.

신체적인 면역 체계 이상으로 병에 자주 걸린다.

불면증과 만성 피로.

건강 염려증.

앞으로 심화할지도 모를 감정 단계 : 경계심(44), 공포감(68), 불안(140), 편집증(284), 두려움(96)

이런 상태가 억압당할 때 나타나는 징후

수시로 시계나 문을 바라본다.

움찔움찔 자주 놀란다.

경직되어 있거나 거짓된 미소.

기분 전환을 위해 새로운 취미생활을 찾아본다.

모든 게 다 잘되고 있다는 것처럼 가장한다.

어떤 일에 주의를 끌 수 있는 시간이 짧다.

어떤 문제에 제대로 초점을 맞추기가 어렵다.

억지로 콧노래를 흥얼거려보지만 흥얼거리자마자 이내 멈춘다.

마음이 다른 데 가 있는 상태로 일상생활을 영위한다.

Writer's Tip

날씨와 관련된 세부 사항들은 어떤 장면의 밀도와 의미를 더욱 높여줄 수 있다. 그러니 날씨에 따라 주인공의 기분이 어떻게 변화하는가 고려해야 할 필요가 있다. 그것은 등장인물이 무엇을 원하는지 그 방향에 맞춰 조정될 수 있으며 경우에 따라서는 긴장감을 조성하는 데도 유용하다.

03 격분하다 대로하다

RAGE

너무 격해 쉽게 다스릴 수 없는 분노에 빠진 상태.

몸 짓 PHYSICAL SIGNALS

얼 굴

벌겋게 달아오르거나 붉으락푸르락해지는 피부.

눈을 크게 뜨고 흰자위를 드러낸다.

입가에 침이 고여 있다.

힘줄이 불거져 있는 목.

콧구멍을 벌름거린다.

입을 오므리고 어금니를 꽉 깨문다.

상대방을 겁주기 위해 위협적으로 내려다본다.

목을 이쪽저쪽으로 돌려가며 우두둑거리는 소리를 낸다.

손 짓

주먹을 쥐었다 풀었다 한다.

상대방의 얼굴을 손으로 톡톡 친다.

위협적으로 손가락 마디를 꺾는다.

흉기를 꺼내 든다.

흉기가 될 만한 것을 손에 쥐고 가까이 다가온다.

주먹으로 내리치거나 내리치려는 흉내를 낸다.

목 소 리

괴성을 질러댄다.

폭력을 가하겠다고 협박한다.

상대방에게 쏜살같이 달려와서 고함이나 구호 따위를 외쳐댄다.

시비를 붙으려고 상대방에게 모욕적인 말을 한다.

목 안쪽에서부터 으르렁거리는 소리가 들리는 듯하다.

행 동

다리를 넓게 버티고 선다.

사소해 보이는 일에도 갑자기 분노가 폭발한다.

다른 사람의 몸을 함부로 밀치고 다닌다.

금세라도 달려들어 싸우겠다는 듯 어깨와 목을 푼다.

빨갛게 달아오를 때까지 상대방의 팔을 잡아 쥐고 누른다.

뭔가를 집어 던지거나 발로 걸어찬다.

몸 가 짐

몸이 부르르 떨린다.

자신을 향한 비난과 평가절하의 말들을 곱씹는다.

근육과 힘줄이 팽팽히 수축해 있다.

상대방에게 위협을 가하기 위해 느리고 신중히 움직인다.

신변이 조금이라도 위협받는다 싶으면 무턱대고 싸우려 든다.

사소한 자극에도 금세 걷잡을 수 없는 분노로 치닫는다.

상대방의 개인적인 공간에 침입한다.

속임수를 쓴다.

생체 반응 INTERNAL SENSATIONS

귓가에 이명이 들린다.

혈압이 극단적으로 올라간다.

맥박이 상승한다.

시야가 뿌옇게 흐려진다.

호흡이 가빠지면서 목구멍이 바짝 마른다.

나중에 다시 덧나는 통증.

아드레날린이 과다 분비된다.

근력이 넘치는 느낌.

불안하고 초조한 기분.

심리 반응 MENTAL RESPONSES

부당하게 대우받고 있다거나 핍박당한다는 믿음에 휘둘린다.

복수하고 싶다.

누군가와 시비 붙기만을 기다린다.

누군가를 상처 내서 피를 보고 싶어 한다.

폭력적인 언행에서 시원한 배설의 느낌을 느낀다.

그 결과야 어찌 되든 앞뒤 안 가린다.

자기를 다스리거나 통제해야 할 필요성을 절감한다.

어떤 일에 집중하거나 초점을 맞추기가 어려워진다.

이런 상태가 장기간 지속할 때 나타나는 징후

아무 이유 없이 누군가를 폭행한다.

범죄자 또는 살인자 집단에 가담한다.

폭력을 행사할 만한 기회가 또 없을지 찾아다닌다.

자기파괴의 중독성.

우울증.

심장 질환이 도진다.

궤양에 시달린다.

아무리 사소한 문젯거리라도 시간을 두고 지켜볼 수가 없게 된다.

불면증.

피로감.

소유물을 때려 부순다.

앞으로 심화할지도 모를 감정 단계 : 편집증(284), 회한(196)

이런 상태가 억압당할 때 나타나는 징후

부자연스런 침묵.

통제할 수 없는 전신 경련.

사람 대신 벽이나 사물을 주먹으로 후려갈긴다.

주먹을 꽉 쥐면서 이를 바득바득 간다.

억지로 미소를 지어 보이지만 눈은 웃지 않는다.

뭔가를 손에 쥔 상태에서 난폭하게 흔들어댄다.

부드러운 것을 주먹으로 내리치거나 갈가리 찢어발긴다.

공격적인 운동에 몰두한다.

Writer's Tip

등장인물이 감정적으로 주변 정황에 반응하는 대목에서는 감각적인 섬세함에 큰 비중을 둘 필요가 있다. 주인공의 감각이 예민해져 있으면 주변 사물에 닿는 손의 감촉이 그의 신경을 들쑤시게 되지 않을까? 그가 구태여 언급하지는 않았지만, 그의 귀에 들려오는 소리에는 또 어떤 게 있을까?

04 경계하다 신중하다

WARINESS

조심하면서 한순간도 마음을 놓지 못하는 상태. 촉각을 곤두세운 상태.

몸 짓 PHYSICAL SIGNALS

얼 굴

목을 길게 뽑아 이쪽저쪽으로 두리번거린다.

마치 혼란에 빠진 양 눈가를 가늘게 찌푸린다.

입술을 오므린다.

갑자기 눈을 돌려 문제의 대상을 쏘아본다.

턱을 들어 올린다.

입술을 깨물거나 굳게 다문다.

날카롭게 주시하는 눈빛.

이를 악문다.

단호하거나 진지한 표정.

손 짓

만약의 사태에 대비해 양손에 아무것도 들지 않는다.

열쇠나 볼펜 등 무기가 될 만한 것을 움켜쥔다.

목 소 리

어르고 달래는 목소리로 나긋나긋하게 말한다.

사태가 악화되기 전에 근본적인 대책을 세우라고 요구한다.

현재 상황을 유지하려는 의도에서 말을 빨리한다.

억제되어 있거나 긴장된 목소리.

신중한 언어 선택.

행 동

방어적인 자세를 취한다.
슬그머니 내뺀다.
문득 뭔가가 계속 떠오른다는 듯이 자세를 바로 한다.
머뭇거린다.
이마나 관자놀이를 문지른다.

몸 가 짐

주변을 맴돌지만, 시선만큼은 문제의 대상에 날카롭게 꽂혀 있다.
어떤 소리에 적극적으로 귀를 기울인다.
탈출할 수 있는 통로를 미리 봐둔다.
뒤쪽에 뭐가 있는지 알고 싶어 한다.
주위를 한참 맴돌면서 우회적으로 어떤 대상에 접근한다.
느리고 조심스러운 움직임.
일단 뒤로 물러나 사태에 뛰어들기 전까지 충분히 주시한다.
경직된 자세로 묵묵히 지켜보기만 한다.
누군가가 접촉해오면 흠칫한다.
돌연 기민하게 움직이기 시작한다.

생체 반응 INTERNAL SENSATIONS

아드레날린 폭증.
심장 박동과 맥박이 급해진다.
긴장된 근육.
호흡을 일순간 멈추거나 짧게 끊는다.
뭔가가 잘못되어가고 있다는 것을 직관적으로 느낀다.
소름이 돋거나 살갗이 까칠해진다.

심리 반응 MENTAL RESPONSES

머릿속으로 앞으로 닥칠 위험 상황을 파악해내려 고심한다.
자신의 직감을 신뢰한다.
감각이 곤두선다.
자기방어 본능이 발동한다.
상황을 이해하고자 노력하면서 여러 가능성을 떠올려본다.
혼란스러움.
어떤 행동에도 전적으로 몰두하기가 어렵다.
관찰 결과와 느낌을 자기 나름대로 세밀히 짜맞춘다.
모든 것을 동시에 보고 들으려 한다.
긴장을 풀거나 미소 지을 여유가 없다.
어떤 일이 일어나기도 전에 앞질러 생각한다.

이런 상태가 장기간 지속할 때 나타나는 징후

개인적인 공간에 머무는 시간이 늘어난다.
만약의 사태에 대비해 책상 등으로 장벽을 쌓아둔다.
자신이 꿰뚫어본 결과가 맞다고 우기며 상대방과 언쟁한다.
무기로 쓸 만한 것들을 눈으로 찍어둔다.
다 알고 있다며 허세를 부리며 상대방의 의도를 살핀다.

앞으로 심화할지도 모를 감정 단계 : 불안(140), 공포감(68), 좌불안석(244),
의혹(212)

이런 상태가 억압당할 때 나타나는 징후

누구라도 서먹서먹하게 대한다.
챙이 낮고 긴 모자를 쓰고 다니며 주위를 살핀다.
농담으로 좌중의 분위기가 가벼워지도록 유도한다.

어쩐지 불편해 보이는 자세.

공연히 자기 혼자서만 서 있는다.

깍지를 끼고 있다.

누구와도 거리를 두려 한다.

자주 주저하고 머뭇거린다.

05 경멸하다 무시하다

CONTEMPT

경멸하고 무시하는 마음을 애써 억누르는 상태.

몸 짓 PHYSICAL SIGNALS

얼 굴

굳게 다문 입.
머리를 갸웃거린다.
조롱기를 머금고 있다.
고개를 가로젓는다.
비웃음.
눈알을 부라린다.
크게 코웃음 친다.
무례하게 입술을 삐죽거린다.
냉담한 눈길.
씰룩거리는 입가.
단단하고 예리해 보이는 턱선.
혀를 날름거린다.

손 짓

팔짱을 껴 폐쇄적인 몸가짐을 드러낸다.
손가락을 책상이나 이마에 대고 까딱거린다.

목 소 리

빈정대는 말투를 쓴다.

뒤에서 험담한다.

상대방이 말할 때는 이죽거린다.

일그러진 웃음.

대답하지 않거나 말이 짧아진다.

행　동

상대방과 마주 보는 대신 몸을 비스듬한 각도로 돌린다.

멀찍이 떨어져 걷는다.

경멸조로 몸을 흔들어 보인다.

다리를 넓게 짚고 서서 가슴을 앞으로 쭉 내민다.

화가 난듯 다리를 심하게 떤다.

몸 가 짐

다른 사람의 비위를 살살 긁는다.

딱딱한 태도.

부탁을 받으면 일단 거절부터 하고 본다.

상대방을 굽어보겠다는 저의에서 턱을 밑으로 숙인다.

다른 사람의 약점을 우스개거리로 삼는다.

마음이 없다는 것을 보여주기 위해 차가운 미소로 대처한다.

생체 반응 INTERNAL SENSATIONS

혈압이 높아진다.

흉부에 압박감을 느낀다.

귀가 빨개진다.

목과 턱이 경직된다.

하복부에 더부룩한 열기가 올라온다.

심리 반응 MENTAL RESPONSES

부정적인 사고.

매사에 퉁명스런 관점 표출.

정신적인 모욕감.

다른 사람을 울리거나 상처주고 싶은 욕구.

상대방의 무관심을 까발리고 싶어 한다.

이런 상태가 장기간 지속할 때 나타나는 징후

수시로 모욕감을 준다.

고함, 언쟁.

혈압 상승.

이마에 눈에 띄게 불거지는 혈관.

폭력적으로 변해가는 생각들.

분노에 차서 자기 주변에 있는 누군가를 외면한다.

자리에서 벗어나고 싶다는 욕구.

개인 사정을 핑계로 일찌감치 일정을 마친다.

앞으로 심화할지도 모를 감정 단계 : 염증(300), 경멸(104), 화병(132)

이런 상태가 억압당할 때 나타나는 징후

피부 홍조.

자신의 뺨을 때린다.

안절부절못하는 정서불안.

튀어나오는 말을 삼키려고 손으로 입을 막는다.

손이 자꾸 건조해져 물로 씻어낸다.

결단력 있게 원인을 직시하지 않는다.

엉뚱한 일로 관심을 돌린다.

원인을 모른 척 외면한다.

반응이 둔화하는 현상.

화를 억제할 수 있도록 다른 사람과 칸막이를 치고 살아간다.

등을 뒤로 젖히고 팔을 엇건다.

멀찍이 떨어져 다른 사람과 거리를 두려 한다.

Writer's Tip

수정할 때는 여러 감정 상태가 어떻게 흘러가는지 유심히 살펴보자. 대부분 감정 상태가 진술이나 설명으로 일목요연하게 드러나면 독자의 신뢰를 잃을 수도 있다. 언어적이고도 비언어적인 묘사를 활용해야 한다. 독자에게 등장인물의 감정 상태를 직접 설명하면 실패한다.

06 경악하다 놀라다

AMAZEMENT

매우 놀라거나 어리둥절해져 어찌할 바 모를 때.

몸 짓 PHYSICAL SIGNALS

얼 굴

눈을 동그랗게 뜬다.
입이 벌어진다.
시선을 한곳에 고정하고 눈꺼풀을 빠르게 껌뻑거린다.
눈썹이 치켜 올라간다.
입술이 처진다.
허탈한 미소가 번진다.
충격으로 눈의 깜빡거림이 줄어든다.
눈망울이 초롱초롱하다.

손 짓

한 손으로 입을 막는다.
손을 모아 가슴을 누른다.
팔을 앞으로 내밀어 뭔가를 잡으려 허우적거린다.
손바닥을 뺨에 대고 비빈다.
손으로 가슴을 쓸어내린다.

목소리

말문이 막힌다.
갑자기 침묵에 빠져든다.

나지막하게 비명을 내지른다.
그럴 리가 없다며 부정한다.
자기도 모르게 쓴웃음이 새어나온다.
비현실적인 괴성을 낸다.
갑자기 딸꾹질을 시작한다.

행 동

금세라도 어디론가 튀어 나갈 것만 같은 태도를 보인다.
뒷걸음친다.
느리게, 아무것도 믿지 못하겠다는 듯 고개를 가로젓는다.
몸이 한쪽으로 기운다.
현재 상황을 기록해두려고 허겁지겁 휴대폰을 꺼낸다.

몸 가 짐

호흡이 가빠진다.
자세가 경직된다.
다른 사람도 이와 똑같은 상황을 겪는지 둘러본다.
다가서려는 몸짓.
스스로 화를 돋운다.
두고두고 상황을 곱씹어본다.

생체 반응 INTERNAL SENSATIONS

심장이 순간 얼어붙는 듯하다가 이내 빠르게 요동친다.
피가 거꾸로 치솟는 듯하다.
몸에 갑자기 열이 오른다.
살갗이 따끔거린다.
숨이 멎은 듯하다.

심리 반응 MENTAL RESPONSES

순간적인 기억상실이 찾아온다.

다른 사람과 이 체험을 공유하고 싶은 강한 욕구를 느낀다.

현기증이 인다.

방향 감각을 잃어버린다.

무아지경에 빠진다.

언어장애를 일으킨다.

이런 상태가 장기간 지속할 때 나타나는 징후

혈압 상승. 호흡 곤란.

무릎에 힘이 빠진다.

뭔가에 짓눌리는 느낌이 든다.

마치 허공이 자신의 목을 옥죄어오는 듯하다.

몸과 마음이 무너진다.

앞으로 심화할지도 모를 감정 단계 : 호기심(304), 불신(136), 흥분(324)

이런 상태가 억압당할 때 나타나는 징후

심한 자기 통제.

자기 안에서만 웅크리고 있다.

우스꽝스러울 정도로 뒤뚱거리면서도 제 딴에는 젠체한다.

손을 자주 가슴에 가져간다.

자신의 표정을 감추고자 시선을 내리깔거나 먼 곳으로 돌린다.

자기 통제의 신호로 눈을 동그랗게 뜬다.

자물쇠로 채운 듯 입을 굳게 다문다.

납덩이처럼 차갑게 가라앉은 표정.

어디를 가도 감정을 숨기기 좋은 장소를 선호한다.

반응이 노출되면 변명을 늘어놓는다.

말을 더듬거린다.

Writer's Tip

감정적인 체험에 또 다른 겹을 덧대고자 할 때는 등장인물이 현재 머무는 공간 배경에 상징성을 가미해보자. 그리고 그 공간 배경 안에서 등장인물의 감정을 구체적으로 투영할 수 있는 오브제를 찾아보라.

07 경외하다
숭배하다

ADORATION

사물이나 사람을 높이 떠받드는 상태 혹은 무언가를 신성시하는 태도.

몸 짓 PHYSICAL SIGNALS

얼 굴

입술이 벌어진다.
고즈넉한 눈 맞춤과 동공이 열리는 모습.
잔뜩 상기된 낯빛.
자주 입술을 축인다.
얼굴에 가벼운 홍조가 띤다.
눈의 깜빡거림이 줄어든다.
눈망울이 초롱초롱하다.

손 짓

입이나 얼굴에 손을 자주 가져간다.
쓰다듬거나 접촉하려고 또는 움켜쥐려고 손을 앞으로 뻗는다.
한 손을 심장 위에 가져다 댄다.
손바닥을 뺨에 대고 문지른다.
손끝으로 턱밑을 쓰다듬는다.
기도하듯 손을 모은다.

목 소 리

찬사와 칭송의 말을 쏟아낸다.
경배하는 대상에 관한 이야기를 늘어놓는다.

부드러운 목소리나 어조로 말한다.
목소리가 한껏 가라앉는다.
느릿느릿하거나 부드러운 어투.
경탄하는 한숨을 내쉰다.
상대방의 말에 호응하는 웅얼거림.

행 동

무언가를 향한 발걸음이 빨라진다.
대상이 되는 존재의 몸짓을 따라 한다.
상체가 앞으로 쏠린다.
자신의 목이나 팔뚝을 쓰다듬으며 전율한다.
자주 고개를 주억거리며 적극 동의한다.
보채듯이 발을 동동 구른다.

몸 가 짐

사진이나 장신구 같은 소지품에 집착한다.
주의 집중과 다소곳한 태도.
타인이나 주변 환경에 무심해진다.
뭔가 달뜬 듯한 모습을 보인다.
경배의 대상과 접촉한 기억을 떠올리며 눈을 감는다.

생체 반응 INTERNAL SENSATIONS

심장 박동이 빨라진다.
호흡이 가빠진다.
자꾸만 목울대가 벌렁거린다.
입안이 바싹 마른다.
목구멍이 커진다.
체온이 올라간다.
감각과 신경이 날카로워진다.

심리 반응 MENTAL RESPONSES

조금 더 밀착하거나 접촉하고 싶어하는 욕망.
대상에게만 생각이 고정된다.
청력과 관찰력이 예민해진다.
주변을 무시한다.
대상의 결함이나 약점은 보지 못한다.

이런 상태가 장기간 지속할 때 나타나는 징후

집착. 공상.
서로 교감하고 있는 믿음.
함께할 수밖에 없다는 숙명의 예감.
스토킹.
서신과 이메일을 쓰거나 선물 보내기.
안하무인이 되거나 법을 어기는 것도 불사한다.
몸이 초췌해지고 수면 부족이 온다.
대상의 주변을 질투하기 시작한다.
대상의 사생활 등 유언비어를 유포한다.
대상의 사진이나 옷가지 등에 집착하거나 심지어 훔치기도 한다.
병적인 소유욕을 보인다.

앞으로 심화할지도 모를 감정 단계 : 사랑(144), 욕망(184), 좌절(248),
마음의 상처(148)

이런 상태가 억압당할 때 나타나는 징후

진땀이나 떨림을 감추고자 손을 꽉 쥐거나 뒤로 감춘다.
대상에 관해 이야기하는 것을 피한다.
몰래 염탐하거나 괜히 어슬렁거린다.

얼굴에 티가 역력하게 드러난다.
관계를 맺을 기회를 엿본다.
비밀 편지를 쓰거나 일기 따위를 쓴다.
거짓말로 자신의 상태를 숨긴다.

Writer's Tip

신체적인 징후와 심리 상태를 확실히 암시해야 한다. 그 동선이 너무 흐릿하거나 너무 복잡하면 묘사문의 행간에서 독자가 읽어내야 할 의미망이 자칫 실종될 수 있다.

08 고뇌하다 비통하다

ANGUISH

정신적으로 괴로운 상태로 마음의 통증을 겪을 때.

몸 짓 PHYSICAL SIGNALS

얼 굴

시선이 공허하다.
눈가의 근육이 잔뜩 뭉쳐 있다.
이를 간다.
턱을 잔뜩 끌어당기고 있다.
목에 핏대가 서 있다.

손 짓

늘 주먹을 쥐고 다닌다.
손목을 문지르거나 손을 비튼다.
손을 가만히 놔두지 못한다.
손으로 목덜미를 자꾸만 문지른다.
자꾸 머리카락을 잡아당긴다.

목 소 리

목소리에 불평과 불만이 가득하다.
내 목소리에 내가 스트레스를 받는다.
입만 열었다 하면 매사에 투덜거린다.
흐느껴 울거나 눈물을 흘린다.
고함치거나 비명을 지른다.

행 동

몸을 바르르 떤다.
앞뒤로 건들거린다.
작은 소리에도 화들짝 놀란다.
발가락을 꼰다.
입술을 잘근잘근 깨물고 피부를 긁적거리거나 손톱을 씹는다.
한 장소에 머물지 못하고 우왕좌왕한다.
다리를 가슴까지 끌어당겨 몸을 잔뜩 웅크린다.
팔이나 다리를 자주 문지른다.
벽을 두드리거나 어딘가에 숨어든다.

몸 가 짐

넋을 놓은 듯한 걸음걸이.
식욕이 없다. 술 생각도 없다.
식은땀을 흘린다.
근육에 경련이 일어난다.
마음이 편해지는 물건을 계속 만지작거린다.
시간을 확인하고 또 확인한다.
전문가나 권위자에게 도움을 받고 싶어 한다.
어깨가 한없이 좁아진다.
오열하고 울부짖으며 애원한다.
다른 사람을 마주 보지 못한다. 등진다.
구석 자리만 찾아다닌다.

생체 반응 INTERNAL SENSATIONS

욕지기. 고열.
근육통. 경직. 경련.
목구멍 안쪽이 아프다.
음식 삼키는 게 힘들어진다.

심리 반응 MENTAL RESPONSES

합리적 사고를 할 수 없다.

기복신앙에 기대려고 한다.

좋은 일이 생기게 해준다면 그게 무엇이든 맹신한다.

고통의 원인을 찾아내려고 집착한다.

벗어날 수 있다면 어떤 손실이라도 감수하겠다고 다짐한다.

이런 상태가 장기간 지속할 때 나타나는 징후

어떻게 해서든 벗어나려고 몸부림친다.

살이 쪽 빠진 모습. 심신이 쇠약해진다.

폭삭 늙는다.

허리가 구부정해지거나 몸의 균형이 허물어진다.

헛구역질한다.

호흡 곤란을 겪는다.

얼굴에 색소 결핍, 눈가엔 다크서클.

눈 주위와 입가에 주름이 는다.

술과 약물을 찾는다.

원형탈모.

몹쓸 습관이 생긴다. 머리 잡아당기기, 몸 흔들기 등.

칼로 베거나 손톱으로 피부를 긁어내는 자해 행위.

만성적인 의기소침.

자살 충동에 빠진다.

앞으로 심화할지도 모를 감정 단계 : 자포자기(232), 우울증(200)

이런 상태가 억압당할 때 나타나는 징후

자꾸만 움찔거리며 놀란다.

이를 간다.

자신도 어쩌지 못하는 전신 경련과 수전증.

근육 긴장 상태.

은밀한 몸놀림.

손목 비틀기처럼 스스로 노출될 만한 몸짓을 일체 감추려는 시도.

손톱 깨물기, 잦은 출혈.

울먹이는 말투나 투덜거림이 입 밖으로 나오지 않도록 애쓴다.

둔중하거나 안정되지 못한 호흡.

모든 말을 단답형으로 끝내고 간단한 고갯짓으로만 대답한다.

줄담배 또는 과음.

누르스름하게 변해가는 피부.

Writer's Tip

등장인물의 정신 상태를 제대로 다룰 수 있을 때까지 도전해봐야 한다. 등장인물의 정신 상태를 예민하게 묘사할 수 있다면 작품 전체를 흥미진진하게 이끌 수 있다. 독자 또한 긴장감을 만끽하게 될 것이다.

09 고마워하다 감사하다

GRATITUDE

상대방의 호의나 친절 따위에 마음이 따뜻해지는 상태.

몸 짓 PHYSICAL SIGNALS

얼굴

부드러운 시선.
가슴 깊이 우러난 호의로 충만.
은근하고 지속적인 눈 맞춤.
밝은 눈으로 고개를 끄덕인다.
키스하는 시늉을 해 보인다.
고개를 잠시 뒤로 젖히고 눈을 감는다.
눈물을 글썽인다.
낯빛이 환해진다.

손 짓

환히 미소 짓는 입가에 손가락을 댄다.
다른 누군가의 손이나 팔을 잡는다.
느슨히 쥔 주먹으로 자기 가슴을 톡톡 친다.
가슴에 손을 올려놓는다.
필요 이상으로 오랫동안 어떤 사람의 손을 잡고 있다.
손바닥을 편다.
손을 상대방의 등이나 어깨에 댄다.
열렬히 박수를 보낸다.
거수경례를 한다.

입술에 대고 손끝을 뾰족하게 맞대어 보인다.

목 소 리

다른 사람을 칭찬한다.
감정이 풍부한 목소리.
주변 사람에게 자신이 얼마나 고마워하는지 전한다.
목소리가 미세하게 떨린다.

행   동

큰절을 올린다.
몸과 발을 앞으로 내민다.
어떤 사람이나 무리에게 손을 가슴에 얹는 동작을 취해 보인다.
감싸 안으며 호감을 표한다.
악수하는 동안 상대방의 손에 꽉 쥔다.
하늘을 향해 손바닥을 들어 올리며 올려다본다.

몸 가 짐

진심 어린 고마움을 미소로 전하고자 한다.
고마워하는 상대의 개인적인 공간에 가까이 머물려 한다.
친밀히 지내자는 뜻으로 가벼운 접촉을 시도한다.
선물이나 도움 등으로 마음을 표시하고 싶어 한다.
이 감정을 널리 퍼뜨리고 싶어 한다.

생체 반응 INTERNAL SENSATIONS

팔다리가 따뜻한 온기로 데워진다.
신체적인 긴장감이 해소된다.
가슴에 충만감이 느껴진다.
마음 한구석이 꽉 채워진 기분.
얼굴에 기분 좋은 온기가 전해진다.
무릎 연골이 부드러워진다.

심리 반응 MENTAL RESPONSES

상대방의 친절과 도움에 보답하고 싶어 한다.

좋은 의미에서 압도된 기분.

잠시 술이라도 한잔하면서 이 느낌을 평생토록 간직하고 싶다.

이런 상태가 장기간 지속할 때 나타나는 징후

숭배.

머리를 조아린다.

보답하기 위해서는 무슨 일이든 다 할 수 있다는 욕망.

기쁨의 눈물.

깊은 친분과 사랑의 느낌.

**앞으로 심화할지도 모를 감정 단계 : 만족감(100), 평안(288), 행복감(292),
의기양양(204)**

이런 상태가 억압당할 때 나타나는 징후

눈을 감는다.

자신의 표정을 숨기기 위해 머리를 수그린다.

눈 맞춤을 피한다.

숨겨둔 감사의 뜻을 표하고 싶어 상대방의 눈을 빤히 들여다본다.

관심을 돌릴 만한 흥밋거리를 찾거나 다른 상대를 찾는다.

모든 장면에서 독자에게 뜻밖의 상황을 던져놓고 그에 따른 감정적 반향을 불러일으키겠다는 포부에 맞춰 이야기를 꾸려가는 게 바람직하다. 예컨대, 등장인물의 행로에 예기치 않은 장애물이 나타난다든가 전개되어가는 현재 사건들에 이해의 단서를 제공할 만한 전사(前事)의 정보가 대화 중에 튀어나오면 이야기가 한결 흥미진진해진다.

10 공포스럽다 두렵다

 **FEAR**

예상되는 위협이나 위험에 닥쳐 무서워하는 상태.

몸 짓 PHYSICAL SIGNALS

얼 굴

안색이 잿빛으로 변하다 이내 하얗게 질린다.

입술과 턱이 덜덜 떨린다.

눈을 빠르게 깜빡거린다.

뭔가를 빤히 들여다보는 듯하지만 실은 아무것도 보지 못한다.

눈이 스르르 감기거나 울부짖는다.

입술이나 이마 아래로 구슬 같은 땀방울이 쏟아진다.

눈가에 맺힌 이슬 때문에 눈이 지나치게 밝아 보인다.

입술을 핥는다.

물을 벌컥벌컥 들이켠다.

몹시 고통스러운 듯 숨을 몰아쉰다.

콧잔등을 찡긋거린다.

손 짓

손이 축축이 젖어 있다.

팔꿈치를 양쪽 옆구리에 바짝 붙이면서 몸을 작게 움츠린다.

땀을 닦아내려고 수시로 이마를 문지른다.

목 소 리

혼잣말을 웅얼거리며 자기 자신에게 애원한다.

새된 목소리.

목소리를 잔뜩 낮춰 소곤거린다.

말을 더듬거리면서 제대로 발음하지 못한다.

목소리가 몹시 떨린다.

행　동

주위를 둘러본다. 특히 뒤쪽.

웅크린 어깨.

담벼락이나 구석에 등을 기대고 선다.

자신도 어쩌지 못할 만큼 몸이 흔들린다.

뭔가를 움켜잡아보지만 손마디가 하얘져 금세 맥이 풀린다.

무릎이 굳어버린 듯 경직된 걸음걸이.

누군가에게 매달린다.

질주한다.

몸 가 짐

목덜미와 팔에 소름이 돋는다.

식은땀을 많이 흘려 몸에서 악취가 난다.

목 위로 힘줄이 불거진다. 맥이 요동치고 있는 게 드러난다.

얼어붙는다. 한 지점에 발목이 잡힌 듯.

호흡이 고르지 못하다.

근육이 딱딱하게 굳는다.

금세라도 어디론가 뛰쳐나갈 듯하다.

좌불안석, 공연히 부산스럽기만 한 움직임.

자신도 어쩌지 못하고 아무 때나 흐느껴 운다.

생체 반응 INTERNAL SENSATIONS

팔다리가 흐느적거린다.

울음이나 비명을 속으로 삼킨다.

폭발할 것처럼 심장이 요동친다.

현기증, 다리와 무릎이 후들거려 자꾸만 휘청거린다.

방광이 느슨해져 자기도 어쩌지 못하고 오줌을 지린다.

가슴이 후벼 패는 듯.

숨을 억제한다. 큰 숨을 들이켜며 조용히 참는다.

위장이 바위처럼 단단하게 굳어가는 듯한 느낌이 든다.

소리에 과민해진다.

아드레날린 작렬.

심리 반응 MENTAL RESPONSES

어디론가 달아나거나 숨고 싶다는 욕구.

순식간에 모든 사태가 흘러가 도무지 돌이킬 수 없다고 느낀다.

엉터리 추론.

조리 정연하게 생각해보지도 않고 곧바로 행동에 돌입한다.

시간 감각이 왜곡된다.

이런 상태가 장기간 지속할 때 나타나는 징후

자신도 어쩌지 못하는 떨림. 혼절.

불면증.

공황 발작. 공포증.

탈진.

우울증.

약물 남용.

대인기피증.

경련 발작.

틱 장애.

반복적인 얼굴 찌푸림.

혼잣말.

앞으로 심화할지도 모를 감정 단계 : 분노(132), 공황(72), 편집증(284), 두려움(96)

이런 상태가 억압당할 때 나타나는 징후

기분 전환이나 화제 변화를 통한 공포의 부정.

공포의 원인 외면.

밝은 목소리를 유지하려는 노력.

상황에 따라 강요된 억지 미소.

분노나 좌절감으로 공포를 감추려 든다.

거짓 허세.

남의 눈을 의식하지 않고 제멋대로 구는 습관.

손톱 깨물기.

입술 깨물기.

피부 긁적거리기.

농담조로 말하지만 목소리는 갈라져 있다.

Writer's Tip

여러분의 주요 인물이 어느 장면에 등장하는 순간, 그 장면의 독특하면서도 상징
적인 분위기를 묘사해 보임으로써 독자에게 이 대목에서는 어떤 감정을 체험하
게 될지 미리 암시하자. 그 인물이 조바심친다면, 아마 독자도 따라서 그렇게 될
테니까 말이다.

11 공황 상태
소름 끼치다

극도의 공포감에 사로잡힌 상태

몸 짓 PHYSICAL SIGNALS

얼 굴

거친 숨소리.
툭 튀어나온 눈, 눈꺼풀을 깜빡일 수조차 없다.
콧구멍을 벌름거린다.
턱과 입술이 덜덜 떨린다.

손 짓

손으로 귀를 틀어막는다.
주먹으로 머리의 양쪽 관자놀이를 힘껏 짓누른다.
목이나 가슴을 손으로 움켜잡는다.
손톱으로 뺨을 긁어 내린다.
손가락을 덜덜 떤다.
팔로 배를 칭칭 감는다.
눈자위를 꾹꾹 누른다.

목 소 리

비명을 내지르며 울부짖는다.
실어증 또는 지리멸렬.
원초적인 비명.
신음을 흘리며 울먹인다.

행 동

숨어 있다 후다닥 뛰쳐나온다.

위협으로부터 황급히 벗어나려 한다.

무릎을 세우고 태아처럼 잔뜩 웅크린다.

바닥에 쓰러진다.

얼굴을 가린다.

황급히 뒤로 물러난다.

멍한 표정으로 미라처럼 굳어 있다.

몸 가 짐

전신에 경련.

자기 자신을 강하게 억누른다.

벗어나고 싶지만 정신적으로 의탁할 곳이 마땅치 않다.

뭔가에 완강하게 부정하듯 고개를 가로젓는다.

몹시 움츠린 자세로 움찔움찔하며 화들짝 놀란다.

근육 수축, 딱딱하게 굳은 자세.

옆에 누군가를 꼭 붙잡아두려 한다.

서툰 몸놀림.

자꾸 어딘가 부딪치거나 뭔가를 깨뜨린다.

신선한 공기를 갈망한다.

아무렇게나 헝클어진 외모.

엄청나게 땀을 흘린다.

탈출할 수만 있다면 어떤 위험이라도 무릅쓰려 한다.

자해한다. 칼로 긋는다. 멍을 낸다.

제자리를 맴돌며 날카로워진다.

손에 뭔가 들기만 하면 때리거나 파괴하려 한다.

생체 반응 INTERNAL SENSATIONS

호흡 과다 증후군.

맥박이 빨라진다.

귀청을 울리는 심장 박동 소리.

아래턱에 심한 압박감.

고통의 내성이 강해 통증을 느끼지 못한다.

근력이나 지구력이 늘어난다.

갑작스러운 폐소공포증.

가슴이나 폐, 또는 목구멍의 통증.

다리가 약해진다.

소리나 환경 변화에 극도로 민감해진다.

현기증, 눈앞에 하얀 점들이 떠다니는 것처럼 보인다.

심리 반응 MENTAL RESPONSES

뒤돌아보고 싶은 충동(탈출에 성공했을 때).

판단력 마비 현상.

살기 위해 몸부림친다.

위험을 무릅쓴다.

한계점에 다다르게 되면 모든 것을 포기하고 굴복한다.

각성 상태, 신경이 곤두서서 도무지 잠을 이룰 수 없다.

어떤 생각을 해도 결국에는 최악을 단정하는 것으로 되돌아온다.

소음과 움직임에 극도로 민감해진다.

이런 상태가 장기간 지속할 때 나타나는 징후

스트레스와 산소 부족 등으로 혼절한다.

멘탈 붕괴.

콧노래를 흥얼거린다.

이리저리 서성거린다.

손으로 눈이나 귀를 가린다.

심장마비.

자폐 증세를 보인다.

외상 후 스트레스 장애.

불면증. 망상. 불안 장애.

체중 감소. 악몽.

우울증. 착란 증상.

다른 사람과 의사소통을 나누는 게 불가능해진다.

고립. 공포증.

앞으로 심화할지도 모를 감정 단계 : 편집증(284), 격노(40)

이런 상태가 억압당할 때 나타나는 징후

천성적인 공황 상태는 억누르거나 숨기는 게 거의 불가능하다. 공황 상태를 숨기려 아무리 시도해도 결국에는 극렬한 공포감의 형태로 한층 악화해 드러나고 말 뿐이다.

Writer's Tip

고조된 감정선을 전달할 때는, 최소한의 범위 안에서만 메타포를 사용하는 게 바람직하다. 어느 등장인물이 강력한 감정 상태의 정점에서 아무리 현란하고 창조적인 수사법으로 자신을 드러낸다 해도, 대부분의 사람은 그들이 구사하는 수사법에 관심을 보이지 않는다. 그러니만큼 개연성에 충실한 상태로 그런 감정 표현을 단순하게 처리하도록 하자.

12 교감하다 연민을 느끼다

SYMPATHY

다른 사람과 어떤 감정을 공유하고 세심하게 헤아리는 상태.

몸 짓 PHYSICAL SIGNALS

얼 굴

슬퍼 보이는 미소.
깊은 한숨을 내쉰 뒤 생각에 잠긴 표정을 짓는다.
다 이해한다는 듯한 끄덕거림.
눈을 가늘게 뜨고 상대방의 말에 집중한다.
미간을 살짝 찌푸린다.

손 짓

상대방의 등을 토닥여준다.
어깨나 손을 주물러준다.
가볍게 앞머리를 쓸어 넘겨준다.
상대방의 머릿결을 부드럽게 쓰다듬어준다.
옆으로 다가와 상대방의 어깨를 감싸 안는다.

목 소 리

살가운 말들, 정감 있는 어조.
상대방에게 혼자가 아니라고 말하거나 조언해준다.
"이제라도 알게 된 게 어디야."
"하마터면 잘못될 뻔했는데 다행이다."
"우리 삼촌이 입버릇처럼 하던 말이 뭐였느냐면 말이야."

상황에 맞는 표현을 찾으려다 보니 말을 자꾸 더듬거린다.
친절한 어조로 다른 사람이 듣고 싶어 하는 말들을 자주 한다.
상대방의 기분이 괜찮아지도록 긍정적인 방향의 질문들을 한다.

행 동

상대방의 손을 잡고 함께 운다.
누군가와 작별해야 하는 순간에는 평소보다 길게 포옹한다.
상대방과 무릎을 맞대고 앉는다.
누군가를 감싸 안거나 기댈 수 있는 어깨를 빌려준다.
상체를 기울이거나 자리를 좁혀 앉는다.
구태여 묻지 않고 티슈나 찻잔을 가져온다.

몸 가 짐

서투르나마 상대방을 편하게 해주려 한다.
어색한 포옹.
방해될 만한 일들(전화를 받아주는 등)을 처리해준다.
사과할 때는 잘못된 상황을 솔직하게 인정한다.
북돋아줘야 할 때는 상대방의 외모를 칭찬한다.
불편을 참아가면서 상대방의 말에 열심히 귀 기울인다.
상대방을 위해 계획을 취소한다든가, 약속을 미룬다.

* 남성들 사이에서 나타나는 교감의 상태
"그럴 수가!"
"그래, 내 말이."
"자네일 줄 알았지, 친구."
팔을 툭 치면서 칭찬한다.
가볍게 어깨를 건드린다.
가슴에 양팔을 엇걸고 상대방의 말에 귀 기울이는 자세를 취한다.
주머니에 손을 찔러 넣은 자세로 어색하게 대화한다.

무겁게 고개를 주억거린다.

차분한 목소리로 말한다.

한쪽 어깨만 재빨리 으쓱해 보인다.

다른 일에 열중하면서도 상대방의 말을 계속 듣는다.

설령 상대가 비합리적으로 나와도 일단은 수긍해준다.

상대가 열불을 토하거나 다른 사람을 험담해도 그냥 내버려둔다.

친구가 당한 일에 대신 복수해주고 싶어 한다.

놀러 가거나 술자리에 가자고 한다.

생체 반응 INTERNAL SENSATIONS

감정적으로 진이 빠지는 기분.

전반적으로 부담감을 많이 느낀다.

느린 심장 박동.

목구멍 통증.

심리 반응 MENTAL RESPONSES

가까이 있고 싶거나 신체적으로 접촉하고 싶은 욕구.

자기가 상대방의 고통을 덜어줄 수 있었으면 하고 바란다.

무슨 말을 하면 좋을지 망설인다.

섣불리 판단하려 들지 않고 그냥 듣기만 한다.

불행한 일이 터지면 사랑하는 이를 걱정한다.

아무리 사소한 선물에도 진심으로 고마워한다.

누군가에게 의지하려는 성향이 강한 편이다.

친구들이 잘되기를 기원한다.

안도감.

이런 상태가 장기간 지속할 때 나타나는 징후

어떻게 하면 상황을 잘 이끌어갈지 강박적으로 고심한다.

"이런 일은 금세 지나갈 거야."

"당당하게 턱을 높이 치켜들고 다녀."

상투적인 격려를 자주 사용한다.

선물로 환심을 사려 한다.

감정을 이입하면서 다른 사람의 고통을 내면화하고자 한다.

앞으로 심화할지도 모를 감정 단계 : 슬픔(152), 경배(56), 사랑(144), 사의(64),
향수(296), 걱정(36)

이런 상태가 억압당할 때 나타나는 징후

다른 사람을 향해 손을 내밀려다 이내 거둬들인다.

어떤 상황이나 그와 연루된 사람에 관한 이야기를 자주 꺼낸다.

개인적으로 그 사람을 위해 기도해준다.

상대에게 미소를 지어 보이거나 눈짓을 해 보이긴 해도 정작 말로 어떤 응원의 메시지를 전해주지는 않는다.

거리를 두고 바라보면서 변화가 생기기를 희망한다.

Writer's Tip

감정은 일반적으로 단기간에 어떤 마음 상태에서 다른 쪽 극단으로 비약하는 경우가 드물다. 독자의 신임을 얻으려면, 착실하게 초석을 다진 뒤, 가령 어떻게 어떤 스트레스 요인 따위에서 무시무시하고 강렬한 결과가 야기되었는지 차근차근 보여줄 필요가 있다.

13 기대하다
희망을 품다

ANTICIPATION

간절하게 바라는 상태로 갈망하며 기다림.

몸 짓 PHYSICAL SIGNALS

얼 굴

반짝반짝 빛나는 눈초리로 다른 사람이나 주변을 두리번거린다.
손으로 얼굴을 감싸고 손가락 틈새로 엿본다.
입술을 깨문다.
입술을 축인다.
가만히 눈을 감고 혼자 괴성을 내기도 한다.

손 짓

땀에 젖은 손바닥.
손 떨림.
가슴팍을 손으로 움켜잡는다.

목 소 리

가만히 눈을 감고 한숨을 내쉰다.
얼마나 오래 걸리지? 그게 언제쯤? 무슨 일이지?
계속 웅얼거린다.
옆에 있는 사람을 붙잡고 난데없이 "말해봐요"라고 외친다.
다른 사람에게 본 것을 있는 그대로 자세히 말해달라며 조른다.

행 동

다리를 반복해서 꼬았다 풀었다 한다.

발끝으로 깡충거린다.

옷가지를 바로 하고 소지품을 정돈하느라 법석을 떤다.

창밖을 내다보거나 문가와 전화기 근처에서 맴돈다.

거울로 머리 상태와 화장을 확인하고 또 확인한다.

바닥에 대고 발을 비빈다.

춤을 추듯 동작을 반복한다.

다급한 걸음걸이.

강박적으로 시계를 바라본다.

상체를 앞으로 기울인다.

앞에 놓인 음식을 깨작거린다.

흥분 상태라 제대로 먹지도 못할 지경.

몸 가 짐

닥칠 상황을 준비하며 열심히 이런저런 계획을 세운다.

목록을 짠다.

다른 것을 생각할 마음의 여유가 없다.

마치 움직이면 사태가 빨리 진행되기라도 할 것처럼 안절부절못하고 서성거린다.

잡담으로 자신의 감흥을 공유하려 들면서 키득거린다.

졸도하는 시늉을 하기도 한다.

새로 온 이메일이 없나 확인하고 또 확인한다.

새로운 일이 없는지 자꾸 전화하거나 문자메시지를 보낸다.

생체 반응 INTERNAL SENSATIONS

붕 떠 있는 느낌.

공복감.

호흡 곤란.

요동치는 심장.

안달복달.

심리 반응 MENTAL RESPONSES

백일몽을 꾸는 듯.

완벽했으면 싶은 욕망.

예상과 달리 뭔가가 꼬이지나 않을까 하는 두려움.

집중력 결여.

무슨 일이 일어날지 상상.

옷을 잘 입었는지와 같은 자체 검열.

이런 상태가 장기간 지속할 때 나타나는 징후

불면증.

좌절감 또는 조급증.

성마름.

간단하고 신속한 일에만 적응하는 부작용.

친구, 가족, 업무 등을 무시한다.

아무리 자잘한 것이라 해도 정확하게 배열해놔야 직성이 풀린다.

옷 치장 등 본업보다는 그 준비에 더 열중한다.

앞으로 심화할지도 모를 감정 단계 : 도에 넘친 흥분(324), 질투(260), 실망감(160)

이런 상태가 억압당할 때 나타나는 징후

어색한 침묵에 잠겨 잠자코 자리를 지킨다.

입을 꾹 다문다.

땀에 젖은 손바닥을 바지에 문지른다.

책을 읽거나 TV 시청에 몰두하는 척한다.

목 위로 핏발이 선다.

자신의 두 손을 꼭 맞잡는다.

다른 사람과의 대화를 피한다.

시계나 현관문을 넋 놓고 바라본다.

따분한 체한다.

대수롭지 않다는 투로 혼잣말한다.

다른 일에 흥미를 보이는 것처럼 군다.

뻣뻣하게 굳은 양어깨와 목을 잔뜩 움츠린다.

화제를 바꾼다.

Writer's Tip

만일 여러분의 작품을 읽어본 누군가가 등장인물의 감정 처리가 혼란스럽다는 비판을 해온다면, 감정선의 기폭 장치가 확실히 작동하고 있는지 점검해보도록 하자. 인과관계를 보여주는 일은 근원적인 감정 상태를 전달하려 할 때 필수적인 요소이다.

14 깜짝 놀라다
놀랍다

SURPRISE/SHOCK

예기치 못한 놀라움이나 즐거움. 부정적일 수도 긍정적일 수도 있다.

몸 짓 PHYSICAL SIGNALS

얼 굴

쩍 벌어진 입.

숨이 턱 막힌다.

도저히 믿지 못하겠다는 눈길 또는 멍한 시선.

고개를 뒤로 젖힌다.

눈이 커지거나 앞으로 튀어나온다, 조금 있다 그러기를 반복한다.

놀라움을 가라앉히려는 의도에서 일부러 미소를 지어 보인다.

머리를 양쪽으로 갸웃거리거나 도리질 친다.

손 짓

손으로 가슴을 친다.

손가락으로 벌어진 입술을 만진다.

손으로 뺨을 철썩 갈긴다.

친구의 팔을 붙잡는다.

얼굴을 가린다.

눈을 꾹꾹 짓누른다.

귀를 막겠다는 듯 양손으로 머리통을 부여잡는다.

손가락을 쫙 펴 가슴을 쓸어내린다.

목젖을 만지작거린다.

목 소 리

허탈해하는 웃음을 터뜨린다.

고개를 가로저으며 이럴 수는 없는 일이라고 웅얼거린다.

놀라운 말을 전한 친구에게 농담하지 말라며 어깨를 탁 친다.

말을 더듬거린다.

어조가 격앙된다.

가늘게 떨리는 목소리로 도저히 믿지 못하겠다며 주절거린다.

"누가?" "언제?" "왜?"

비명을 내지른다.

행 동

한두 발짝 뒷걸음친다.

숨이 멎거나 높아진다.

뒤돌아선다(그 놀라움이 부정적일 때).

가슴에 대고 책이나 손가방 등을 감싸 안는다.

곁에 있는 친구를 끌어안는다.

몸 가 짐

갑자기 자세가 굳고 근육이 경직된다.

중간쯤 발길을 멈춰 세우고 휘청거린다.

현기증.

다른 사람의 접근을 차단하겠다는 표시로 손을 들어 올린다.

생체 반응 INTERNAL SENSATIONS

살갗이 따끔거린다.

위장에 더부룩한 느낌이 심해진다.

심장 박동이 폭주한다.

숨쉬기가 어려워진다.

갑자기 몸이 차갑게 얼어붙는다(놀라움이 부정적일 경우).

정신이 혼미해지거나 현기증을 일으킨다.

희열감에 휩싸인다.

아랫배가 출렁거리는 기분.

몸 전체로 아드레날린이 급속도로 퍼져나간다.

심리 반응 MENTAL RESPONSES

숨고 싶다.

사고 체계가 뒤죽박죽된다.

제대로 생각을 가다듬을 수가 없다.

당혹감.

이런 상태가 장기간 지속할 때 나타나는 징후

팔로 머리를 감싸 쥐고 고개를 처박는다.

정신이 아찔해져 자리에 쓰러진다.

숨을 헐떡거린다.

눈물 또는 몸부림.

목에 턱을 깊이 파묻는다.

전율이 등을 타고 기어오른다.

다리가 후들거린다.

날카로운 비명이 터져 나온다.

반사적으로 가슴을 움츠린다.

손으로 입을 틀어막는다.

근육이 경직되면서 고개가 뒤로 뻣뻣하게 젖혀진다.

도망치고 싶다. 어디론가 숨고 싶다.

폭력적인 반응.

사람을 떠민다.

허공으로 주먹을 날려본다.

보호본능에 따라 팔로 몸을 감싼다.

말을 더듬거리거나 아예 아무 말도 입 밖으로 내지 못한다.

욕설을 내뱉거나 소리를 지른다.

앞으로 심화할지도 모를 감정 단계 : 놀라움(52), 행복감(292), 공포감(68),
분노(132), 안도감(164), 실망감(160)

이런 상태가 억압당할 때 나타나는 징후

미소가 딱딱하게 굳어간다.

눈을 빠르게 깜빡거린다.

눈을 크게 뜬다.

눈썹을 추켜세운다.

어색한 미소.

전혀 놀라지 않았다는 듯이 고개를 끄덕거려 보인다.

몸이 급속도로 경직된다.

호흡이 가빠진다.

손에 잡히는 것이면 그게 무엇이든 꼭 움켜쥐려 한다.

충격 받은 몸을 풀어주고자 손목을 흔들어본다.

Writer's Tip

감정 문제를 다룰 때는 절대 두려워하지 말고 새롭게 뭔가를 시도해보자. 등장인물 개개인의 감정 표현은 진솔하면서도 독자적이어야 한다.

15 내키지 않는다
주저하다

RELUCTANCE

썩 좋아하는 마음이 생기지 않는 상태. 꺼리고 싶어함.

몸 짓 PHYSICAL SIGNALS

얼 굴

목젖까지 실룩거려가며 힘들게 침을 삼킨다.
입술을 축인다.
입술을 오므린다.
불편해하는 눈길로 주위를 두리번거린다.
고개를 가로젓는다.
잠깐 지어 보이고 마는 미소.
회의적인 표정을 지어 보인다.
요청해온 사람과 눈을 마주치려 하지 않는다.
불만이 그득하거나 힘겨워하는 눈길.

손 짓

손을 말아쥐었다가 이내 편다.
손으로 양쪽 눈썹을 동시에 밀어 올린다.
망설이다 손을 내밀거나 접촉한다.
손을 들어 올려 가까이 다가오지 못하도록 가로막는다.
손을 목이나 입가에 대고 떤다.
손으로 급히 머리를 쓸어 넘긴다.

목 소 리

말을 더듬거린다.

핑계를 댄다.

거짓말한다.

누군가에게 도움을 요청하거나 대신해줄 수 없느냐고 물어본다.

화제를 바꾸거나 주의를 다른 데로 돌린다.

대화가 진전되는 것을 막으려 한다.

"아마도."

"어쩌면."

시큰둥하게 대답한다.

"이건 아니지."

"별로 그러고 싶지 않네."

부정적인 말을 웅얼거린다.

행 동

머리를 갑자기 흔드는 등 신경성 경련 증세를 보인다.

자꾸만 시계를 들여다본다.

콧잔등을 꼬집으면서 눈가를 꾹꾹 누른다.

입술이나 손톱을 잘근잘근 깨문다.

비상구 쪽으로 슬금슬금 다가간다.

뭔가 요청해오는 사람에게서 물러난다.

자기도 모르게 뒷걸음친다.

몸 가 짐

같은 행동을 반복하는 등 신경질적인 습관이 생긴다.

시간을 벌려는 듯 자꾸만 미적거린다.

생각할 때도 오래 뜸을 들인다.

등지고 돌아선다.

긴장된 팔과 어깨 또는 잔뜩 굳은 얼굴.

머뭇거리는 발걸음.

뒤로 젖혀진 고개, 움츠러든 어깨.
뭔가에 응할 때도 몸놀림이 굼뜨다.
흠칫한다.
자기와 부탁해오는 사람 사이에 일정한 거리를 둔다.
폐쇄적인 몸짓과 언어.
손을 들어 올려 안 된다는 표시를 해 보인다.
결정을 내리려면 시간이 더 필요하다고 말한다.

생체 반응 INTERNAL SENSATIONS

행동하기 전에 심호흡부터 한다.
흉부 압박감.
가벼운 근육 긴장 상태.
위가 더부룩하다.

심리 반응 MENTAL RESPONSES

요청해온 사람에게서 벗어나 어딘가 멀리 떠나버리고 싶은 욕구.
우유부단하다.
마음이 심란해진다.
죄책감에 시달린다.
뭘 요청해오든 깔끔하게 거절할 방도가 없을지 궁리해본다.
결단할 사안 외에는 아무것도 주의를 집중하기가 어려워진다.
자신의 내키지 않는 마음 상태를 정당화하려는 욕구.

이런 상태가 장기간 지속할 때 나타나는 징후

억울함.
빡빡하거나 꼬이는 것처럼 느껴지는 명치와 아랫배.
문제 대상을 피한다.

껄끄러워지는 인간관계.

앞으로 심화할지도 모를 감정 단계 : 회의(312), 자기방어(116), 분노(132),
공포감(68), 혐오(300), 울분(192), 두려움(96)

이런 상태가 억압당할 때 나타나는 징후

동의해주는 척해놓고 그 방향대로 따라가지는 않는다.

바빠 죽겠다거나 스트레스에 시달리고 있음을 넌지시 알린다.

그 같은 상황을 조성한 상대에 반감이 커진다.

수동적이면서도 공격적인 논평.

사리에 어긋난 요청이라는 듯 화제의 방향을 바꾼다.

화제의 방향을 바꾸고자 일부러 농담을 건넨다.

다른 사람이 대처 방안을 조언해줬으면 하고 바란다.

Writer's Tip

인물을 표현할 때 특정 상표가 노출되는 것은 피하도록 하자. 특정 상표의 이름
은 보편적인 게 아닐뿐더러 여러분이 작품을 쓰고 있는 시기를 너무 도드라지게
할 수 있다. 그러는 대신, 다른 단서들을 채택해 등장인물의 품성이나 강점, 또는
단점 등이 전해지도록 해보자.

16 당황하다 쑥스러워하다

EMBARRASSMENT

스스로 뭔가가 불편한 상태. 평정심이 사라진 상태.

몸 짓 PHYSICAL SIGNALS

얼 굴

양쪽 뺨 위로 슬며시 번지는 홍조.

얼굴을 찡그리거나 침을 꿀꺽 삼킨다.

빨갛게 달아오르는 귓불.

낮게 수그러드는 턱.

시선을 내리깔고 상대방과 눈을 마주치지 않는다.

이를 드러내고 크게 웃다가도 이내 입술을 꾹 다문다.

앞머리를 내려뜨려 얼굴을 가린다.

턱이 파르르 떨린다.

순간적으로 눈동자가 커진다.

손 짓

손을 허리에 짚고 꼰다.

목덜미를 문지른다.

양손으로 얼굴을 가린다.

양팔로 몸을 감싼다.

손을 주머니에 쑤셔 넣는다.

셔츠 소매를 걷어붙인다.

목 소 리

목청을 가다듬는다.
헛기침.
말을 더듬는다.
목소리가 약해진다.
의사 표현이 줄어든다.
화난 목소리로(거칠게 밀쳐내듯 공격적으로) 대답한다.

행 동

발을 동동 구른다.
옷깃을 세운다.
의자에서 미끄러진다.
책 뒤로 숨는다.
뛰다시피 걷는다.
쓰고 다니는 두건이나 모자를 휙 벗어 던진다.

몸 가 짐

눈에 띄게 땀을 많이 흘린다.
몸이 그 자리에서 얼어붙는다.
푹 꺼진 가슴.
잔뜩 굽은 등과 어깨.
자기 자신을 가리려 든다.
팔이나 재킷 등으로 얼굴을 감춘다.
움찔하고 놀란다.
안절부절못하며 몸을 꼰다.
접촉을 피하려 든다.
발가락을 비비 꼰다.
양쪽 무릎이 동시에 꺾인다.
뭔가를 방패막이 삼는다.
구조 요청을 보내는 듯한 눈빛으로 누군가를 바라본다.

생체 반응 INTERNAL SENSATIONS

침을 엄청나게 많이 삼킨다.

변덕이 심해진다.

목덜미나 얼굴이 점점 더 심하게 따끔거린다.

흉부 압박감.

두려움이 몸으로 전이되면서 위가 더부룩하거나 쑤신다.

얼굴, 목, 귀 등에서 심한 열기가 느껴진다.

호흡이 가빠진다.

심장 박동이 빨라진다.

심리 반응 MENTAL RESPONSES

달아나고 싶다는 충동.

사고 진행이 원활치 않거나 혼란에 휩싸인다.

"이런 일은 도저히 벌어질 수 없어."

믿고 싶어하는 것과 현실의 괴리.

어떻게 하면 해결책을 찾을 수 있을지 궁리한다.

이런 상태가 장기간 지속할 때 나타나는 징후

울부짖는다.

자리를 박차고 뛰쳐나가려 든다.

자긍심이 곤두박질친다.

사람 앞에서 말하거나 모습을 나타내는 게 몹시 두려워진다.

모임, 활동, 사회적 교류 등에서 멀어진다.

식욕 저하.

상황이 난처해졌다는 사실에 집착하면서 계속 곱씹는다.

수면 장애.

체중 감소.

앞으로 심화할지도 모를 감정 단계 : 굴욕감(268), 우울증(200), 회한(196),
자괴감(120)

이런 상태가 억압당할 때 나타나는 징후
    못 들었거나 못 본 척한다.
    관련 없는 일에 맹렬히 집중하면서 본질을 외면하려 한다.
    거짓 미소.
    웃어넘기는 척한다.
    무슨 수를 써서라도 화제를 바꾸려 든다.
    거짓말.
    주의를 돌려 다른 사람에게 허물을 뒤집어씌운다.

Writer's Tip

울부짖는 모습으로 너무 손쉽게 감정의 강도를 나타내려는 것은 경계해야 할 필요가 있다. 실제 현실에서 어떤 사람이 눈물을 흘려야 하는 상황에 내몰리기까지는 적지 않은 시간과 곡절이 요구되는 법이다. 그러니만큼 우리의 등장인물도 그런 과정을 거치는 게 바람직하다.

17 두려워하다
꺼리다

DREAD

앞으로 직면할 일을 매우 걱정하면서 피하고 싶은 강렬한 욕구.

몸 짓 PHYSICAL SIGNALS

얼굴

자라처럼 움츠러든 목.
눈 맞춤을 피한다.
아래로 향한 눈길.
다른 사람과 눈을 마주치지 않고자 앞머리를 길게 내려뜨린다.
예전보다 침을 자주 삼킨다.
창백하거나 병색이 짙어 보이는 얼굴.
입술이나 볼 안쪽을 잘근잘근 씹어 피가 나게 한다.

손 짓

양팔로 가슴을 감싸 안는다.
양팔로 무릎을 와락 감싸 안는다.
손을 떤다.
손목을 문지르거나 비튼다.
휴대폰이나 장신구 등을 뱅뱅 돌린다.
피부를 긁적거린다.
손톱을 깨문다.
손바닥으로 바짓가랑이를 끌어 올린다.

목 소 리

목소리가 기어들어간다.
대답할 때는 말을 딱 한마디씩만 한다.
시도 때도 없이 어쩌지 못하고 흐느껴 운다.

행　　동

통증이 심한 것처럼 배를 움켜잡는다.
발걸음을 힘들게 옮긴다.
마치 목을 감추고 싶어 하는 듯 어깨를 들썩거린다.
땀을 많이 흘린다.
이리저리 서성거린다.
대피로나 어두운 곳, 또는 비상구 따위를 찾는다.

몸 가 짐

잔뜩 굽은 어깨, 푹 꺼진 가슴.
상체를 뒤로 젖히거나 멀찍이 떨어져 있으려는 자세.
자리를 벗어나기 위해 핑곗거리를 만든다.
구부정한 자세와 아래로 굽은 목선.
상체를 돌려 자신이 여기 있다는 것을 은폐하려 한다.
될 수 있으면 사람의 눈에 잘 띄지 않도록 잔뜩 움츠린다.
구석 자리나 가로막힌 장소 등에 머물려 한다.
몸을 자주 움찔움찔한다.
무거운 발걸음.
보호막을 두른다는 기분으로 양팔을 배 위에 두른다.
자기에게 위로가 될 만한 물품들을 챙겨 다닌다.

생체 반응 INTERNAL SENSATIONS

위가 꼬이는 것 같다.
둔중하거나 느려진 심장 박동.
식은땀.

손발이 차다.

가슴이 얼얼하다.

뭔가 없힌 듯한 가슴.

호흡 곤란.

입안에서 신맛이 느껴진다.

목구멍 안쪽이 따갑다.

침 삼키기가 어렵다.

현기증.

팔다리가 욱신거린다.

심리 반응 MENTAL RESPONSES

오로지 여기서 탈출하고 싶다는 일념.

숨고 싶다는 욕구.

시간이 빨리 지나갔으면 좋겠다는 소망.

사태를 긍정적으로 전망하기가 어렵다고 본다.

숨어봤자 소용없다는 체념.

이런 상태가 장기간 지속할 때 나타나는 징후

전율.

어떤 소리만 들려도 기겁한다.

이를 간다.

오열.

앞으로 닥칠 일을 피하기 위한 구실이 없을지 찾아본다.

과호흡 증후군.

협상, 애원.

늘 공격당하지 않을까 하는 걱정부터 앞세운다.

앞으로 심화할지도 모를 감정 단계 : 고뇌(60), 공포(72)

이런 상태가 억압당할 때 나타나는 징후

어떤 기분이 느껴지면 날씨 탓으로 돌린다.

시간을 보내며 불안감에서 벗어나고자 한다
(TV, 독서, 음악 등).

공포가 꼬리를 물고 퍼져나가는 것을 막고자 딴생각에 몰두한다.

잠자코 침묵을 지킨다.

Writer's Tip

작품의 감정 수위를 어떻게 할지 전반적으로 조망해 조율하는 과정이 필요하다.
탁월한 작품은 언제나 독자에게 여러 층위의 감정 체험을 대비시켜 효율적으로
제시한다. 여러 층위의 감정 대비 효과는 주인공의 성장과 관련 있는 작품의 맥
락과 치밀하게 엇물리게 된다.

18 만족하다 흡족하다

SATISFACTION

어떤 상황이 흐뭇하거나 충족한 상태.

몸 짓 PHYSICAL SIGNALS

얼굴

높이 치켜든 턱과 훤히 드러난 목선.

흔쾌히 고개를 끄덕거린다.

팔꿈치를 치켜들고 "알겠어?" 하고 확인하는 듯한 눈길을 준다.

다소 수줍어 보이지만 자신만만한 듯 환히 빛나는 안색.

교만해 보이는 미소.

깊고 흐뭇한 안도의 한숨.

생각이 딴 데 가 있는 듯 초점이 맞지 않는 미소.

심호흡하며 성취의 순간을 여유롭게 음미한다.

손짓

팔짱을 낀다.

엄지손가락을 치켜들어 보인다.

주먹을 의기양양하게 들어 올린다.

손뼉을 친다.

손가락 끝을 맞대고 첨탑처럼 세운다.

팔을 넓게 벌려 기지개를 켠다.

목 소 리

축배를 제의하거나 누군가를 칭찬한다.
"거보라니까!"
감탄사를 연발한다.
휘파람을 불거나 콧노래를 흥얼거린다.
자랑스레 떠벌리기를 좋아한다.
완벽하게 상황을 요약해 대화에 적절히 반영한다.

행 동

가슴을 앞으로 내밀고 우쭐거리듯 다닌다.
셔츠의 앞면을 부드럽게 쓸어내린다.
소매를 활기차게 잡아당긴다.
자신 있는 태도로 등 뒤에서 누군가의 어깨를 탁하고 친다.
다리를 넓게 벌리고 선다.
팔꿈치를 잔뜩 세우고 뒷짐을 진다.
즐거운 표정으로 마무리 지은 결과물을 검토해본다.
상체를 뒤쪽으로 편히 기울인다.

몸 가 짐

느긋하고 여유로운 몸가짐.
똑 부러진 태도(눈 맞춤, 목소리의 강세 등).
자기 자신을 북돋아주고 싶어 한다.
여기저기를 둘러보며 고양이처럼 날렵하게 걷는다.
활짝 편 어깨, 꼿꼿한 자세.
성취의 순간에 함께한 사람과 더 친밀해진다.

생체 반응 INTERNAL SENSATIONS

다른 사람의 존재와 그들의 반응에 극도로 민감하다.
가슴이 가볍다.
몸 전체로 퍼지는 온기.

부드러운 피로감.
속이 든든한 느낌.

심리 반응 MENTAL RESPONSES

일을 훌륭히 처리했다는 행복감.
상쾌하고 즐거운 기분.
자긍심.
희열.
자신감 증가.
이쯤 했으면 충분한 보상이 주어지지 않겠느냐는 기대감.
정신적으로 최근 거둔 성취에 계속 고착되어 있다.
자신의 주변에 별로 신경 쓰지 않는다.
자화자찬.
흡족한 결과를 거둔 데 따라 다른 사람에게 너그러워진다.
모든 이에게 자신의 성공을 떠벌리며 다니고 싶은 욕망.

이런 상태가 장기간 지속할 때 나타나는 징후

소유욕의 정당화.
자신감이 극에 달해 환히 빛나는 표정.
교만.
쓸데없는 느긋함.

앞으로 심화할지도 모를 감정 단계 : 행복감(292), 잘난 체(216), 자부심(220),
사의(64)

이런 상태가 억압당할 때 나타나는 징후

입술을 씰룩거린다.

손으로 미소를 가린다.

가볍게 발끝을 깡충거린다.

다른 사람에게 희소식을 전할 기회를 일부러 무산시킨다.

혼자서만 최고의 기분을 만끽하고자 의자를 뒤로 돌려 앉는다.

Writer's Tip

주로 혼자 지내는 사람을 작품에 등장시키면 결국 그들에게 나타나는 사회적 상호작용의 결핍도 함께 딸려 나올 수밖에 없다. 이것은 특히 도전해볼 만한 글쓰기 과제에 속한다. 자기 성찰이 불러일으킬 장광설의 유혹을 피하자면, 인물 사이의 관계를 내세워 계속 이어가는 게 바람직하다. 사람은 다른 사람에게 둘러싸여 있을 때조차도 혼자라고 느낄 수 있다는 사실을 기억해둘 것. 인물 사이의 대화를 활용하여 사회적으로 역기능이 벌어지는 현상을 드러내고 아울러 이 관계망에 따라 이야기의 흐름이 앞으로 향해 가는 드라마의 추동력을 얻도록 해보자.

19 멸시하다 경멸하다

SCORN

우습게 여기거나 극단적으로 무시하는 상태.

몸 짓 PHYSICAL SIGNALS

얼 굴

이죽거린다.
길게 언급할 가치도 없다는 듯 콧방귀를 뀐다.
턱을 바짝 당긴다.
냉혹하게 흘겨본다.
신중히 눈썹을 추켜세운 뒤 고개를 뒤로 젖힌다.
과장되게 눈알을 부라리거나 치켜뜬다.
혀를 차며 숨을 내뱉는다.
보기 흉하게 입을 일그러뜨린다.
콧잔등에 주름이 잡혀 있다.
눈을 가늘게 뜬다.
무섭게 노려보는 것으로 위협하려 한다.

손 짓

팔짱을 낀 자세로 다리를 넓게 짚고 선다.
일축한다는 뜻으로 손을 거칠게 내젓는다.
마치 악취를 못 견디겠다는 듯 콧구멍을 틀어막는다.
아무렇게나 손가락질을 해댄다.

목 소 리

촌철살인의 독설.

찬사나 평가를 깎아내린다.

빈정거린다.

말을 끊는다.

"만일 내가 당신이라면 엄청나게 당황했을 텐데 말이야!"

표적이 접촉해오거나 말을 걸어오면 무섭게 화를 낸다.

상대방에게 상처가 될 만한 말들은 일부러 천천히 발음한다.

목소리의 톤이 높아지거나 낮아진다.

행 동

안경을 벗고 그 테의 모서리를 냉담한 눈길로 내려다본다.

가슴을 앞으로 내밀고 다닌다.

음식의 맛을 보고는 도저히 못 먹겠다는 듯이 입을 꾹 다문다.

그 인간 때문에 시간이 낭비되었다며 다른 이에게 대신 사과한다.

몸 가 짐

지독하게 괴롭혀 상대방이 포기하도록 만든다.

표적을 계속 공격하도록 다른 사람을 부추긴다.

지금의 상황을 신랄하게 비꼰다.

다른 사람의 약점을 부각한다.

표적을 애써 무시한다.

그 인간은 신경 쓸 가치도 없다는 것을 과시한다.

몸에 닭살이 돋는다.

생체 반응 INTERNAL SENSATIONS

자기가 잘났다는 듯 우쭐거리는 느낌.

다른 사람의 기를 죽이고는 아드레날린 폭주.

심장 박동이 느려지거나 빨라진다.

심리 반응 MENTAL RESPONSES

그 놈에게 한 방 먹이는 게 더할 나위 없이 기쁘다.

분노한다.

모든 사람을 제자리로 돌려놓고 싶다는 욕망.

교만해진다.

시건방진 태도.

불안감을 숨기고자 더 심하게 대한다.

이런 상태가 장기간 지속할 때 나타나는 징후

표적이 뭔가 잘못한 것처럼 보이도록 파상적 질문 공세.

표적을 살살 꼬드긴다.

싸움을 건다.

확실히 실패할 수밖에 없는 상황으로 표적을 몰고 간다.

비슷한 성향의 사람을 규합해 경멸을 서로 북돋아간다.

어떻게 하면 상대방에게 치명적인 상처를 줄까 궁리한다.

과도한 스트레스에 시달린다.

앞으로 심화할지도 모를 감정 단계 : 분노(132), 증오(256), 의기양양(204)

이런 상태가 억압당할 때 나타나는 징후

공허하고 표정이 지워진 얼굴.

다른 사람의 질문이나 행동에 별다른 반응을 보이지 않게 된다.

세상을 등지고 지낸다.

고개를 가로젓는다.

뺨의 근육이 조금씩 씰룩거린다.

바짝 당겨진 턱.

아무 말도 하지 않으려고 입술을 꽉 깨문다.

핑계를 대고 자리에서 벗어난다.

갑자기 우울해진다.

20 무관심하다 심드렁하다

INDIFFERENCE

어떤 대상에 마음이 흔들리지 않으며 별다른 흥미나 열의가 없는 상태.

몸 짓 PHYSICAL SIGNALS

얼 굴

공허한 또는 아무 감정도 담겨 있지 않은 응시.
졸리거나 게슴츠레한 눈으로 바라본다.
무슨 생각을 하는지 도무지 종잡을 수 없는 눈길.
모든 것을 차단하기 위해 눈을 감는다.
자주 하품한다.
반쯤 감긴 눈.
언뜻 정중해 보이는 미소, 하지만 진심과는 거리가 멀다.

손 짓

팔을 양옆으로 흐느적거리면서 다닌다.
양손을 호주머니에 찔러 넣고 다닌다.
스마트폰을 들여다보는 데 열중한다.

목 소 리

대답하기 전에 오래 뜸을 들인다.
말할 때도 단조로운 목소리로 일관한다.
누가 말을 걸어와야만 그제야 말을 한다.
농담이나 사적인 화제 따위에는 아무 대꾸도 않는다.
"뭔 상관이야?"

"아무거나."

"그래서 뭐?"

아무렇게나 화제를 바꾼다.

뭔가가 적당할 때는 "음", "예"라고 웅얼거리는 게 고작이다.

토론이나 논의할 때는 묵묵부답으로 일관한다.

행 동

느리고 태평한 걸음걸이.

상체를 멀찌감치 뒤로 젖히고 있다.

옷에 묻은 보풀을 입에 넣는다든가 각질을 자꾸 긁적거린다.

관심 없음을 드러낸다.

출구로 나갈 때도 서두르지 않는다.

다른 일에 쉽게 정신을 분산시킨다.

몸 가 짐

어깨선이 느슨하게 축 처져 있다.

뭐 어쩌란 말이냐는 투로 어깨를 으쓱해 보인다.

앉아 있는 동안 거의 까라져 있다시피 한다.

일말의 긴장감도 찾아볼 수 없다.

누군가의 질문에 성의 있는 태도로 답하지 않는다.

명함이나 서류 등 뭔가를 넘겨받으면 그 뒤로 까먹는다.

세상을 등진 듯한 자세다.

시종일관 태연자약한 태도.

비웃듯이 어떤 사람이나 상황을 외면한다.

한껏 풀어진 자세.

구두 뒤축에 나 있는 흠집에나 신경 쓴다.

몸짓이나 언어가 미약하고 에너지도 없다.

꽤 따분한 척한다.

앉아 있을 때 축 늘어져 있다.

무료한 듯 연필로 장단을 맞추고 있다.

생체 반응 INTERNAL SENSATIONS

에너지 결여.

느리고 고른 호흡.

이유 없이 졸리다.

몸이 뒤틀린다.

심리 반응 MENTAL RESPONSES

다른 문제에 한눈을 파느라 주변 사람과 마찰을 빚는다.

종잡을 수 없는 생각들.

교감 능력 결여.

미래의 일을 공상한다.

시간이 너무 천천히 흐른다고 느낀다.

이런 상태가 장기간 지속할 때 나타나는 징후

사회적 교류가 단절된다.

다른 사람과 공감대가 줄어든다.

권태에 사로잡힌다.

다른 사람과의 상호작용에서 아무런 의미도 찾지 못한다.

자잘한 일상의 흥밋거리에만 집착한다.

다른 사람의 고통이나 아픔을 나 몰라라 한다.

무기력증에 빠진다.

앞으로 심화할지도 모를 감정 단계 : 짜증(172), **역정**(264), **환멸**(48), **체념**(272)

이런 상태가 억압당할 때 나타나는 징후

미소 지어 보이며 주의를 기울이는 척한다.

다소간의 선심성 질문들을 던진다.

자리에서 벗어날 구실을 찾는다.

Writer's Tip

여러분의 이야기에서 감정적 굴곡을 입체적으로 빚어내려면 작품의 진전 과정에 따라 등장인물의 느낌이 더욱 격렬하고 복잡다단하게 형성되도록 이끌어갈 필요가 있다.

21 반신반의하다
확신이 없다

UNCERTAINTY

뭔가에 확신하지 못한 상태. 구체적인 행동을 정할 수 없음.

몸 짓 PHYSICAL SIGNALS

얼 굴

입술이나 볼의 안쪽을 잘근잘근 씹는다.
눈살을 찌푸린다.
다른 사람을 유심히 바라본다.
시선을 내리깐다.
풀 죽은 표정.
주름진 앞이마.
눈을 가늘게 뜨고 자기 생각에 자꾸 빠져든다.
아랫입술을 꼬집거나 깨문다.
고개를 이쪽저쪽으로 갸웃거린다.
얼굴을 찡그리며 살짝 고개를 흔든다.
침을 자주 삼킨다.
한숨을 내쉰다.
목을 돌린다.

손 짓

자기 손을 자꾸 만지작거리는 등 가만히 두질 못한다.
손등으로 입술이나 턱을 문지른다.
아래턱이나 목덜미를 문지른다.

앞머리를 얼굴 위로 쓸어내린다.
종이에 뭔가를 끄적거린다.

목 소 리

다른 사람에게 의견이나 조언을 구한다.
무슨 말을 꺼낼 때는 늘 "글쎄요"로 시작한다.
"흠" 하는 소리를 내면서 목청을 가다듬는다.
무의미하게 웅얼거린다.

행 동

몸을 비튼다.
바지를 쓸어 내린다.
조급하게 씩씩거린다.
발을 가만두지 못하고 계속 움직인다.
어떤 행동을 하다 갑자기 머뭇거린다.
슬며시 뒤로 물러난다.
다리를 달달 떨거나 자꾸 달싹거린다.
공책이나 책상에 연필을 톡톡 두드린다.
대답을 미루려고 공책에 뭔가를 적는 척한다.

몸 가 짐

더욱 많은 정보를 끌어내려고 이것저것 자꾸 캐묻는다.
주먹을 짓찧는다거나 자꾸만 시간을 끄는 동작을 한다.
어깨를 빙빙 돌린다.
축 처져 있는 자세.
한동안 멍하니 허공만 바라본다.
정말 확실한지 자꾸 확인하려 든다.

생체 반응 INTERNAL SENSATIONS

숨이 가슴이 걸려 있는 듯.

위장이 수축하는 느낌.

갈증이 심해진다.

심리 반응 MENTAL RESPONSES

덫에 걸린 기분.

우유부단. 불안감.

머릿속으로 다른 가능성이 없을지 궁리한다.

관련자나 해당 사안을 피한다.

어떻게 해서든 답을 구하고 싶어 한다.

기대에 미치지 못하는 상황이 당혹스럽다.

어떤 일을 결정해놓고도 나중에는 꼭 후회한다.

마음의 문을 닫아걸고 어떤 결정도 내리려 하지 않는다.

이런 상태가 장기간 지속할 때 나타나는 징후

자기 회의.

다른 사람도 미심쩍은 상황에 빠지도록 부추긴다.

분노와 좌절감.

대책도 없이 그 상황에서 그냥 벗어나려 한다.

자신에게 어떤 문제가 닥치면 아무 결정도 내릴 수 없게 된다.

답을 찾아보고자 나름대로 발버둥친다.

머리가 맑아지길 기대하면서 일단 일에 열중한다.

거듭 일정을 바꾸거나 연기한다.

상황이 해소되지 않으면 심하게 마음이 초조해진다.

앞으로 심화할지도 모를 감정 단계 : 혼란(308), 부정(128), 좌절감(248), 불안(244)

이런 상태가 억압당할 때 나타나는 징후

"어쩌면 그럴 수도."

"두고 봐야지."

얼버무리는 식으로 대답한다.

상처받기 싫거나 언쟁을 피하고 싶어 화제를 바꾼다.

분명한 약속을 하기보다는 말을 뱅뱅 돌리려 한다.

고개를 끄덕거리면서도 망설이는 기색을 거두지 못한다.

시간을 질질 끈다(물이나 음료를 일부러 바닥에 쏟는다든가).

대답을 거부하고 침묵으로 대신하려 한다.

뭔가 주장하려고 입을 열었다가도 이내 닫아버린다.

"우선은 뒷주머니에 처박아둡시다, 괜찮죠?"

다수 의견을 따른다.

모호한 태도로 동의를 표하거나 무성의하게 지원을 약속한다.

결정을 미루려고 시간을 조금만 더 달라고 한다.

수동성 공격 심리.

Writer's Tip

이야기가 이 장면에서 저 장면으로 빠르게 넘어가는 대목에서는 감정의 층위가 변하는 전반적 구도를 확보해야 한다. 작품이 단단할수록 독자는 이야기의 흐름에 따라 계속 성장해가는 등장인물의 시점과 그 맥락이 들어맞는 감정선의 대비 효과를 강렬하게 체험하게 된다.

22 방어하다 대비하다

DEFENSIVENESS

외부의 공격을 막고 인지된 위협이나 위험에 맞서 대응하려는 상태.

몸 짓 PHYSICAL SIGNALS

얼 굴

자꾸만 곁눈질한다.
고개를 살짝 숙이고 있다.
수척한 뺨.
머리를 흔든다.
어딘가에 꽂혀 있는 눈길.
혀로 입술을 자주 축인다.
눈을 급히 깜빡거리다 크게 뜬다.
집요한 응시.
목 아랫부위까지 잔뜩 수그린 턱.
눈알을 굴린다.
뺨이 붉으락푸르락 변하기 일쑤다.
침을 엄청나게 많이 삼킨다.

손 짓

가슴 위로 양팔 엇걸기.
손바닥을 펴 공격자에게 내밀어 보인다.
양손을 올려 자신의 몸통을 막아 보인다.

목 소 리

더듬거리며 말한다.

입을 자주 벌린다.

언성을 높인다.

경멸조의 코웃음.

소리를 내며 숨을 크게 내쉰다.

선제공격에 나서거나 자신을 공격한 사람과 심한 언쟁을 벌인다.

또박또박 의사 표현하는 데 어려움을 겪는다.

곧장 빈정거리는 말투를 쓴다.

실망이나 거부의 의사를 말로 확실히 표현한다.

다른 사람과의 논쟁에 들어가면 갑자기 목소리가 격앙된다.

행 동

뒷걸음친다.

책이나 가구 등 물건을 차폐막으로 사용한다.

움찔하며 몸을 뒤로 젖힌다.

몸을 은폐하려는 경향이 있다.

모서리 쪽으로 돌아앉는다.

뒤로 휙 피하려는 움직임, 행동에 유연성이 부족하다.

몸 가 짐

살짝 떨어져 비스듬한 자세를 취한다.

경직된 몸가짐.

짜증스러운 태도로 머릿결을 헝클어뜨린다.

다리를 꼬고 앉는다.

관계 차단.

자신을 뒷받침해줄 사람이 없을지 물색해본다.

비난의 화살이 자기에게로 향하는 것을 어떻게든 모면하려 한다.

동아줄이라도 감겨 있는 듯 뻣뻣한 목.

자기는 아니라고 손가락을 내젓는다.

책임을 다른 이에게 전가한다.

눈에 띄게 땀을 많이 흘린다.

두둔해줄 만한 사람을 찾아 상황에 끌어들인다.

생체 반응 INTERNAL SENSATIONS

혈압 상승.

귀청까지 전해질 정도로 육중하게 쿵쾅거리는 심장 박동.

입안이 자주 바짝 마른다.

전반적으로 몸이 뜨겁게 달아오른 것처럼 느껴진다.

심한 갈증.

명치와 아랫배가 딱딱해지며 아프다.

심리 반응 MENTAL RESPONSES

생각이 뒤죽박죽으로 장황해져 상황을 걷잡을 수 없게 된다.

화, 쇼크.

배신당했다는 기분.

확실한 증거를 수중에 넣으려고 계속 기억을 뒤적거린다.

자신의 결백을 입증하거나 비난에 정면으로 대응한다.

이런 상태가 장기간 지속할 때 나타나는 징후

비상구나 돌파구가 어디인지 늘 눈으로 확인해둔다.

소리를 내지른다.

성공적으로 궁지에서 벗어났던 과거의 사례를 자주 떠올린다.

자기와 맞선 이의 약점을 걸고넘어진다.

자신만의 개인적인 공간을 늘리려 한다.

울화를 못 이기고 바깥으로 뛰쳐나간다.

앞으로 심화할지도 모를 감정 단계 : 분노(132), 공포(68)

이런 상태가 억압당할 때 나타나는 징후

평소의 어투를 유지하려 애쓴다.

거짓 미소를 흘리고 다닌다.

억지로 평온한 모습을 가장한다.

대상을 바꾼다.

어깨를 으쓱해 보이거나 억지스러운 웃음을 터뜨린다.

아무것도 입증할 필요가 없다 싶을 때는 평온한 어조로 말한다.

불편을 무릅쓰고 어디론가 휙 떠나거나 이탈하지는 않는다.

감정이 아니라 이성적으로 어떤 일을 풀어가려 시도한다.

Writer's Tip

각각의 공간적 배경을 고를 때는 사려 깊은 조심성이 요구된다. 각각의 장소에서
는 주요 인물과 관련된 뭔가가 상징적으로 제시되는 게 바람직하다. 또한 주인공
의 내면에 영향을 미칠 법한 구성 요인(그게 긍정적이든 부정적이든)이 공간적 배경
에 담겨야 할 필요도 있다.

23 부끄럽다 창피하다

SHAME

불명예나 잘못된 행동으로 몹시 곤궁한 상태.

몸 짓 PHYSICAL SIGNALS

얼 굴

타오르는 것처럼 화끈거리는 뺨.
촉촉이 젖어 있는 눈가.
멍한 시선.
다른 사람과 눈을 마주칠 수 없다.
눈물.
고개를 가로젓는다.
턱이 떨린다.
숨을 급히 내쉰다.

손 짓

얼굴을 감추려고 앞머리를 쓸어내린다.
모자를 눌러쓴다.
손으로 뺨을 누른다.
울음을 억누르고자 손으로 입을 틀어막는다.
양옆으로 팔을 축 늘어뜨린다.

목 소 리

"내가 도대체 무슨 짓을 한 거야?"
"어떻게 일이 이 지경이 되도록 놔둘 수 있었지?"

자기도 모르는 사이에 신음이 입 밖으로 새어나온다.
다른 사람에게 자신의 분노나 허물을 떠넘기면서 비난한다.

행 동

팔짱을 낀다.
몸이 작아 보이도록 웅크린다.
머리를 숙인다.
의자나 소파 위에서 축 늘어져 있다.
팔과 다리를 안쪽으로 뒤튼다.
턱을 가슴 위로 파묻는다.
몸을 덜덜 떤다.
좌절감을 분출하고자 자신의 넓적다리를 주먹으로 내리친다.
자신이 남긴 증거물들을 훼손한다.

몸 가 짐

폐쇄적인 몸가짐.
한동안 구부정한 자세로 굳어 있다.
잔뜩 굽은 어깨.
신변을 보호하고자 목격자들을 매수하려 한다.
애써 숨으려고 옷으로 얼굴이나 몸을 감싼다.
자신의 외모에 관심이 줄어든다.
복권될 만한 다음 기회를 모색한다.
비밀이 누설되지 않게 하려고 무슨 짓이든 불사한다.

생체 반응 INTERNAL SENSATIONS

후각, 사람의 동향 따위에 극도로 민감해진다.
질병에 걸린 증상을 보인다(욕지기, 식은땀, 얼얼한 가슴 등).
오금에 힘이 빠진다.
목이 멘다.

얼굴에 열꽃에 피어올라 자꾸 화끈거린다.

전신 경련.

심리 반응 MENTAL RESPONSES

도피 욕망.

친구들과 연인을 멀리한다.

친근한 장소를 피한다.

자기혐오, 자책, 분노, 혐오감.

위험을 무릅쓰는 거동.

뭔가 잘못이 바로잡힐 만한 일이 일어날 것 같은 기대감.

모든 것을 부정하려는 욕망.

자신감 상실.

아무도 없는 곳으로 도망가고 싶다는 욕망.

이런 상태가 장기간 지속할 때 나타나는 징후

자기 파괴 욕망.

자기 몸을 할퀸다.

칼로 자해한다.

자신의 머리채를 잡아당긴다.

우울증.

물증 훼손.

불규칙한 식생활.

공황 발작.

불안 장애.

잘못된 일을 바로잡으려 드는 완벽주의 성향.

자신의 가치를 확인하고 싶은 욕구.

자살.

대인관계 손상.

자신의 외모를 바꾸려는 시도.

세상의 모든 고통을 나만 당한다는 착각.

이제 속죄하고 돌아와도 좋다는 충언을 거부한다.

앞으로 심화할지도 모를 감정 단계 : 우울증(200), 굴욕감(268), 회한(316)

이런 상태가 억압당할 때 나타나는 징후

부끄러움이란 대체로 사적인 감정 상태이다. 사람은 늘 이와 같은 감정 상태를 억누르고자 애쓴다. 그러니만큼 부끄러움의 모든 징후 또한 당연히 억압되어 있을 수밖에 없다.

Writer's Tip

주어진 감정을 전하려 할 때 채택할 수 있는 신체적, 내부적, 정신적 반응 양상은 꽤 다양하다. 이 중에서 등장인물에 관해 여러분이 파악하고 있는 것을 토대로 적절한 신호들을 걸러 활용해보자. 이때 "그러면 내 주인공은 이런 방식으로 반응하겠지?"라고 자문해보자. 이런 자문으로 등장인물이 처한 정황의 사실성을 검증하고 확보할 수 있다.

24 부러워하다
시기하다

 ENVY

경쟁 상대의 성공이나 사소한 행운마저 배 아파함.

몸 짓 PHYSICAL SIGNALS

얼 굴

뚫어져라 쳐다본다.
입아귀가 밑으로 처진다.
살짝 벌어진 입술.
눈자위가 욱신거린다.
입을 꾹 다문다.
턱을 앞으로 내민다.
눈을 가늘게 뜬다.
이를 슬며시 간다.
뾰로통해져 튀어나온 입술.
콧구멍을 벌름거린다.
침을 자주 삼킨다.
혀로 뾰로통하게 튀어나온 입술을 핥는다.
얼굴이 붉게 달아오른다.

손 짓

손을 홱 잡아 뺀다.
양손을 호주머니에 찔러 넣는다.
못마땅한 자세로 팔짱을 낀다.

주먹을 굳게 쥔다.

손바닥이 땀으로 축축이 젖는다.

자신의 목젖을 어루만지거나 꼬집는다.

목 소 리

목소리가 악의적으로 변하거나 거칠어진다.

선망의 대상을 외면하고는 전혀 부럽지 않다는 듯 군다.

행 동

마치 고통스럽다는 듯 가슴을 문지르거나 주무른다.

살짝 앞으로 수그린 어깨.

상체를 바짝 들이민다.

옷 위로 손목을 문지른다.

발과 상체가 선망의 대상을 향해 돌아선다.

자신이 원하는 사람이나 사물을 향해 한 발짝 다가선다.

몸 가 짐

관심을 보이며 접근한다.

뗄 줄 모르는 열망의 시선.

근육이 뭉친다.

소유욕에 불타는 거동.

선망의 대상을 얻기 위해 치밀한 계획을 짜거나 스토킹한다.

생체 반응 INTERNAL SENSATIONS

심장 박동이 빨라진다.

흉부 압박감.

체온 상승.

오장육부가 뒤틀리는 느낌.

목구멍이 타들어간다.

꽉 문 어금니 사이로 숨을 조금씩 내쉰다.

심리 반응 MENTAL RESPONSES

　　만지고 싶다.

　　품에 넣어보고 싶다.

　　소유하고 싶다.

　　공평하지 못하거나 공정하지 못한 세상에 분노한다.

　　타인을 향한 부정적인 사고.

　　좌절감.

　　다른 사람의 것을 빼앗으려는 욕망.

　　어떻게 하면 뺏을지 골몰한다.

　　자기혐오.

　　선망의 대상에 관한 공상.

　　그밖의 대상에는 집중하거나 몰두할 수 없다.

　　자신이 현재 소유한 것들에 불만을 품는다.

　　"나야말로 적격자였는데."

　　"저건 내 것이 되어야 했어."

이런 상태가 장기간 지속할 때 나타나는 징후

　　그런 이점을 누리지 못하면 살 만한 가치가 없다고 느낀다.

　　열망의 대상을 강탈하거나 훔친다.

　　심한 좌절감에 사로잡힌다.

　　부러워하는 사람과 심하게 다투거나 언쟁을 벌인다.

　　열망하는 대상의 가치를 애써 평가절하한다.

　　상대방이나 물건을 하찮게 취급한다.

　　상식에 어긋난 사고.

　　직접 자기에게 달라고 요구한다.

앞으로 심화할지도 모를 감정 단계 : 투지(276), 울분(192), 분노(132), 우울증(200),
질투(260)

이런 상태가 억압당할 때 나타나는 징후

축하 또는 칭송.

억지스러운 미소.

상대의 자격과 능력을 인정하고 칭찬을 늘어놓는다.

애써 그쪽으로 눈길을 주지 않으려 한다.

멀찍이 떨어져서 바라본다.

Writer's Tip

싸움 장면의 신체적인 액션을 가다듬을 때는 과유불급, 즉 지나치나 모자라나 모
두 조심해야 한다. 너무 잡다한 세부 사항을 묘사하면 자칫 스포츠 실황 중계 같
은 느낌을 자아내게 된다. 그리고 이런 느낌은 기계적인 처리로 보일 가능성이
있다.

25 부정하다 거부하다

DENIAL

어떤 사실을 받아들이거나 인정할 수 없다는 태도.

몸 짓 PHYSICAL SIGNALS

얼 굴

격하게 고개를 가로젓는다.

힘 없이 고개를 떨군다.

멍하게 벌어진 입으로 자신이 어이없어한다는 것을 과시한다.

눈썹을 추켜세운다.

눈을 크게 뜬다.

시선을 내리깔고 눈 맞춤을 피한다.

윗입술을 말아 넣는다.

손 짓

삿대질이나 격한 몸짓을 섞어가며 단호하게 의사표현을 한다.

가슴 위로 팔을 엇거는 것으로 폐쇄적인 몸가짐을 나타낸다.

흉부에 한 손을 가져다 댄다.

한 손으로 X자를 그어 보인다.

거친 응답, 짧은 부연.

자신의 손바닥을 들어 올려 보인다.

심하게 손사래를 친다.

양 주먹을 불끈 쥔다.

목 소 리

의견 충돌에 따른 언쟁.
"나를 비난하지 말란 말이야."
"나로서는 어떻게 할 수가 없었어!"
부정문으로 대화한다.
말투가 빠르다.
다른 사람이 자기 말에 끼어들도록 놔두지 않는다.
느리게 말하면서 말을 질질 끈다.
"뭐? 절대 안 돼!"
말을 더듬는다.

행 동

뒷걸음질.
상체를 뒤로 젖히고 공간을 널찍하게 차지한다.
땀을 많이 흘린다.
자신의 양손을 물끄러미 내려다본다.
순간적으로 몸이 굳는다.
부르르 떤다.
발을 동동 구른다.

몸 가 짐

누군가와의 관계를 정리한다.
합리화 또는 정당화.
어떤 사람이나 뭔가가 접근해오는 것을 차단하려 든다.
자신을 비난하는 사람에게서 멀찍이 떨어져 있으려 한다.
누군가의 자료나 사실관계를 집요하게 캐묻는다.

생체 반응 INTERNAL SENSATIONS

자주 입이 바짝바짝 마른다.

목구멍에서 뭔가 멍울 진 게 느껴진다.

둔하거나 멍한 느낌.

눈이 따갑다.

머리에 열이 난다.

윗배가 쿡쿡 쑤셔온다.

심리 반응 MENTAL RESPONSES

이해하기 위해 예전 일들을 돌이켜본다.

모든 사고를 상황의 사실관계에 집중한다.

거짓말로 둘러대느라 잔머리가 팽팽 돌아간다.

이런 상황에 놓이게 된 것에 화를 내거나 상처를 받는다.

이런 상태가 장기간 지속할 때 나타나는 징후

다른 사람에게 책임을 전가한다.

믿어달라며 애원하고 울부짖는다.

마음이 굳게 닫혀 어떤 말에도 귀 기울이려 들지 않게 된다.

혼자 남고 싶다는 욕구가 심해진다.

앞으로 심화할지도 모를 감정 단계 : 수세적인 태도(116), 마음의 상처(148),
죄책감(252), 분노(132), 갈등(32)

이런 상태가 억압당할 때 나타나는 징후

자신을 향한 비난에 일일이 응대하는 것을 단념한다.

여유로운 눈 맞춤.

자신이 실은 부정적인 성향이 아니라는 것을 해명하고 다닌다.

"두고 봐야죠"라는 말을 입버릇처럼 되뇐다.

자기주장을 다른 사람에게 이성적으로 이해시키려 든다.

자신이 진실하다는 것을 반복해서 강변한다.

여유롭고 평상적인 억양을 유지하고자 노력한다.

26 분노하다 화나다

ANGER

심하게 언짢은 상태로 큰 실수나 갑작스러운 실패를 불러온 국면.

몸 짓 PHYSICAL SIGNALS

얼굴

콧구멍을 벌름거린다.
턱을 높이 들어 올린다.
이빨을 드러낸다.
머리를 세차게 흔든다.
눈빛이 이글거린다.
낯빛에 긴장이 가득하다.
무엇인가를 심하게 노려본다.
얼굴에 핏기가 오른다.
일자로 앙다문 입술.
창백한 쓴웃음.
냉담하고 준열하며 비정한 눈길.

손 짓

팔을 쓸어내린다.
손가락이나 팔뚝의 근육이 딱딱해진다.
손 마디를 우두둑 꺾는다.
손톱을 잘근잘근 깨문다.
주먹으로 벽을 때린다.

목 소 리

숨소리조차 거세진다.

다른 사람이 말할 때 자르고 끼어든다.

야유와 조롱이 섞인 말투.

목소리가 떨리거나 높아지면서 거의 고함에 가까워진다.

어조가 점점 격해진다.

행   동

몸동작, 특히 서 있거나 걷는 모습이 경직된다.

다른 이의 개인적인 공간에 난입한다.

문이나 벽장 또는 서랍 등을 세차게 여닫는다.

물건에 주먹질이나 발길질을 하거나 집어던진다.

쾅쾅거리며 발을 구르고 다닌다.

몸 가 짐

물건이나 사람을 거칠게 다룬다.

위협적인 동작을 반복한다.

소매를 돌돌 말아서 걷어 올리거나 윗단추를 열어놓는다.

팔짱을 끼는 등 폐쇄적인 몸가짐.

살갗이 파르르 떨리거나 핏대가 선다.

이유 없이 싸움을 건다.

욱해서 사람에게 달려든다.

생체 반응 INTERNAL SENSATIONS

이를 간다.

근육 경련이 일어난다.

맥박이 빨라지고 심장이 요동친다.

몸이 경직된다.

몸 전체에 열꽃이 핀다.

땀을 흘린다.

심리 반응 MENTAL RESPONSES

다른 사람의 말이 귀에 들어오지 않는다.

불쑥 결론으로 넘어가려는 조급성을 보인다.

하찮은 일에 집착하는 등 전혀 합리적이지 않게 된다.

매사에 다급하다.

모든 게 즉각 실행되기를 요구한다.

충동 조절에 장애를 겪는다.

생뚱맞은 행동을 하거나 말도 안 되는 일을 하려 한다.

폭력적인 공상에 빠진다.

이런 상태가 장기간 지속할 때 나타나는 징후

사소한 일에 쉽게 폭발한다.

위궤양. 초긴장 상태.

습진이나 여드름 같은 피부 질환.

자신의 물건을 박살 낸다.

몸과 마음의 회복 시간이 길어진다.

자해한다.

애꿎은 사람에게 화풀이한다.

앞으로 심화할지도 모를 감정 단계 : 격분(40)

이런 상태가 억압당할 때 나타나는 징후

말을 조심하려 노력한다.

심호흡해 안정을 유지하고자 애쓴다.

쓴웃음을 지어 보인다.

공격적으로 말한다.

눈 맞춤을 피한다.

분노의 원인을 다른 곳에서 찾으려 든다.

대화를 피한다.

자신의 손발을 되도록 감춰 마음을 들키지 않으려 한다.

수시로 변명거리를 찾는다.

편두통, 근육 마비, 경직된 턱.

Writer's Tip

감정 반응과 직결되는 사건이나 상황을 묘사할 때는 특히 주의해야 한다. 상황이 부자연스러워지면 인물의 반응도 덩달아 부자연스러워진다.

27 불신하다 의심하다

DISBELIEF

상대방이나 어떤 사태를 믿을 수 없다고 여기는 마음이나 태도.

몸 짓 PHYSICAL SIGNALS

얼 굴

입꼬리가 처진다.
눈을 크게 뜬다.
시선이 아래로 향하거나 먼 데를 본다.
안색이 하얗게 질리면서 점점 창백해져 간다.
머리를 흔든다.
한쪽 눈썹을 추켜세운다.
고개를 위쪽으로 쭉 빼 올린다.
초점 없는 눈길.
눈꺼풀을 빠르게 깜짝거린다.
숨김없이 뭔가를 빤히 바라본다.

손 짓

눈자위나 눈썹을 주무른다.
턱을 긁적인다.
무심코 팔을 쓰다듬는다.
손바닥을 펴 보인다.
머리를 쓸어 넘긴다.
손을 한쪽으로 축 늘어뜨린다.

손을 배에 대고 문지른다.
마치 무슨 답이 적혀 있기라도 한 것처럼 자신의 손바닥을 유심히 들여다본다.
귓불을 잡아당기고 만지작거리다 톡톡 두드린다.

목 소 리

무슨 말을 해야 할지 모르겠다는 태도를 보인다.
"정말 확실해요?"
"설마 지금 농담하는 거 아니지?"
"세상에 이럴 수가!"
멍하니 입을 딱 벌리고 있거나 말을 더듬는다.
입을 열었다 닫는다.
"안돼. 아니야."
"사실이 아니야!"

행 동

등을 돌리고 입을 가린다.
목을 앞으로 쭉 빼고 다닌다.
머리채를 움켜쥐고 뒤로 가지런히 넘기다 이내 헝클어뜨린다.
안경을 벗고 테의 가장자리를 살펴본다.
귀를 막는다.
물건을 손에 들고 자꾸 흔들어본다.

몸 가 짐

타인을 피해 혼자만의 시간을 갖는다.
다소 지쳐 보이는 자세.
멍하니 있다 어떤 생각을 불현듯 떠올린다.

생체 반응 INTERNAL SENSATIONS

흉부 압박감.

위장이 굳어오거나 오그라드는 통증.

숨을 조금씩만 들이쉰다.

숨쉬기를 힘들어한다.

변덕스러움.

호흡이 편치 못하다.

심리 반응 MENTAL RESPONSES

즉각적으로 윤리적인 판단을 내리려 한다.

이해하기 위해 생각을 헤집어본다.

더 많은 정보를 모으거나 사태를 추론해보려고 시도한다.

잘 못 알아듣는 척한다.

이런 상태가 장기간 지속할 때 나타나는 징후

안절부절못하는 몸가짐.

언쟁.

이탈.

"정말 못 믿겠어."

의사 표현에 장애를 느끼며 대답할 때도 퉁명스럽게 한다.

팔을 걷어붙이고 진실이 가려지는 것을 막아보겠다는 듯 나선다.

영향력을 행세할 만한 이들에게 강력한 조치를 요구한다.

폐쇄적인 몸가짐.

앞으로 심화할지도 모를 감정 단계 : 부정(128), 분노(132), 무력감(168), 체념(272)

이런 상태가 억압당할 때 나타나는 징후

화제를 바꾼다.

발작적인 너털웃음.

변명거리를 늘어놓는다.

결과를 옹호한다.

모든 것을 다 꿰뚫고 있는 사람인 양 처신한다.

정보 수집에 열을 올린다.

목청을 가다듬는다.

쿨럭거리면서 마신 음료에 이상이 있는 모양이라고 주장한다.

눈 맞춤 회피.

공치사를 남발한다.

"아주 재미있네!"

"역시 잘 해내는군."

Writer's Tip

일반적으로 아침 드라마의 인물은 평면적이고 전형적이라는 평을 듣는다. 그러나 전형성은 바른길에서 벗어난 인물을 형상화하고자 할 때는 효과적으로 활용할 수도 있다.

28 불안하다 염려하다

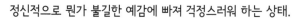

ANXIETY

정신적으로 뭔가 불길한 예감에 빠져 걱정스러워 하는 상태.

몸 짓 PHYSICAL SIGNALS

얼 굴

입술이나 손톱을 깨문다.
머리를 뒤흔든다.
어딘가에 고정된 시선.
호흡을 여러 번에 걸쳐 짧게 내쉰다.
눈동자가 초점없이 흔들린다.

손 짓

목덜미를 문지른다.
팔짱을 끼고 다른 사람의 접근을 막는다.
자주 긁적거린다.
얼굴에 손을 가져다 댄다.
두 손을 맞잡는다.
손을 가만히 놔두지 못해 지갑이나 주머니를 자꾸만 뒤적거린다.
양손을 마주 대고 비빈다.
손가락 관절을 입에 대고 톡톡 두드린다.
지갑이나 코트 또는 그 밖의 소지품을 꽉 움켜쥔다.
깍지를 낀다.
손바닥에 땀이 흥건하다.

목 소 리

지나치게 침을 자주 삼킨다.

기도하듯 중얼거린다.

행 동

시계나 초인종을 일부러 고장 낸다.

목걸이나 넥타이를 거칠게 벗어 던진다.

어깨를 움츠린다.

발뒤꿈치를 깡충거린다.

시계와 전화기와 현관문 등을 힐끗 쳐다본다.

아랫배가 튀어나오지 않도록 안으로 밀어 넣는다.

서성거린다.

마치 통증이 심한 것처럼 목을 주무른다.

옷차림이나 물건 등을 정리하는 데 열중한다.

몸 가 짐

다른 사람과의 접촉을 피한다.

안정감을 회복할 수 없어 자꾸 옮겨 다닌다.

주의가 쉽게 산만해진다.

식욕이 저하된다.

팔뚝을 문지르면서 주위를 두리번거린다.

자신의 주변 환경에 관심이 증대한다.

주위에서 들리는 소음에 신경을 곤두세운다.

전화에 새로 들어온 문자메시지가 없는지 계속 확인한다.

조바심 낸다.

생체 반응 INTERNAL SENSATIONS

너무 뜨겁거나 혹은 너무 차가운 느낌.

다리를 가만히 놔두지 못한다.

현기증.

명치 아래가 더부룩하다.

입이 탄다.

심해지는 갈증.

팔다리가 쑤시는 느낌.

흉부 압박감.

호흡이 가빠진다.

자신의 내부가 동요하는 느낌.

심리 반응 MENTAL RESPONSES

최상의 상황을 가정하는 사고 습관.

심한 자책.

혼자서만 아늑하게 머물 수 있는 공간 물색.

너무나도 느리게 흘러가는 것처럼 여겨지는 시간 감각.

공간이 수축하는 듯한 공포감.

사리에 맞지 않는 걱정.

어떤 느낌이 촉발된 순간의 상황을 계속 곱씹는다.

이런 상태가 장기간 지속할 때 나타나는 징후

식은땀을 엄청나게 많이 흘린다.

외관이 완전히 망가진다.

심호흡해가며 자기 자신에게 혼잣말한다.

자리에 눌러앉지 못하고 계속 엉덩이를 들썩거린다.

심장 박동이 격해진다.

공황 발작을 일으킨다.

과호흡 증후군에 시달린다.

공황장애 또는 강박신경증의 증상을 나타낸다.

앞으로 심화할지도 모를 감정 단계 : 공포감(68), 자포자기(232), 편집증(284)

이런 상태가 억압당할 때 나타나는 징후

거짓 미소.

대책 없는 도피.

외양만 생각한다.

음식을 만들어놓고 먹지는 않는다.

가까운 데서 흥밋거리를 찾았다는 투의 태도.

마음의 안정을 유지하려 자주 눈을 감는다.

자신의 머릿결을 자꾸만 어루만진다.

Writer's Tip

각 구간의 장면에 반드시 꺼내야 할 필요가 있는 감정선이 무엇인지 점검해보자.
언어적이고도 비언어적인 의사소통의 방식에 따라 감정선을 균형감 있게 배치하
면 작품의 속도감에 큰 도움이 된다.

29 사랑에 빠지다 정감을 느끼다

LOVE

깊은 애정과 애착을 보이는 상태. 상대방을 위해 헌신하는 상태.

몸 짓 PHYSICAL SIGNALS

얼 굴

공연히 미소를 짓는다.

활짝 편 표정, 발그레해진 양 볼.

눈꺼풀도 별로 깜빡거리지 않고 강렬하게 눈을 맞춘다.

넓고 깊게 음미하듯 호흡한다.

갈망하는 눈길로 "당신을 사랑해요"라는 마음을 전하려 한다.

입술을 핥는다.

자기도 모르게 입술을 벌린다.

바보 같은 함박웃음을 짓는다.

손 짓

상대방의 손을 만지작거린다.

팔이나 어깨를 툭 치거나 쓰다듬는다.

부드럽게 손을 잡는다.

상대방의 주머니에 한 손을 끼워 넣는다.

목 소 리

목청을 가다듬고 침을 꿀꺽 삼킨다.

애칭 또는 애정이 듬뿍 담긴 별칭으로 부른다.

대화할 때는 바보스러운 억양으로 말한다.

은근히 유혹하듯 말하거나 단도직입적으로 말한다.
친구에게 털어놓고 조언을 구한다.

행 동

몸을 움직여 좀 더 바짝 다가가거나 접촉하고 싶어 한다.
장난스러운 밀치기와 붙잡기.
경쾌하게 깡충거리는 발걸음.
상대방을 향해 상체를 숙인다.
상대방의 무릎을 베고 눕는다.
상체와 발을 사랑하는 상대 쪽으로 내민다.
다리를 맞대고 나란히 앉는다.
혹시나 전화가 걸려 왔나 싶어 강박적으로 휴대폰을 확인한다.
열심히 문자메시지를 보낸다.
다이어트를 하거나 운동에 열중한다.

몸 가 짐

상대방의 가장 뛰어난 특성에만 관심이 집중된다.
사진 또는 사랑의 징표 등에 넋을 놓는다.
사랑을 표현한 노래에 귀 기울이면서 감정을 이입해본다.
신경이 잔뜩 곤두선 듯한 행동거지.
비밀과 욕망을 공유하려 한다.
정감 어린 신체 접촉(키스한다거나, 감싸 안는다든가 등등).
상대에게 맞추려고 취미생활 또는 관심사를 바꾼다.
상대방과 함께하는 동안에는 다른 이를 외면하거나 소홀히 한다.
유행가 가사나 시구 따위를 끄적거린다.
시간이 지날수록 상대방을 향한 마음이 무르익는다.
하트 무늬와 상대의 이름을 무심코 끄적거린다.
로맨틱한 영화나 음악에 빠져든다.

생체 반응 INTERNAL SENSATIONS

위장의 울렁거림, 공복감.

맥박이 빨라진다.

망치질하듯 심장이 마구 쿵쾅거린다.

몸 감각이 극도로 예민해진다.

무릎이나 다리에 힘이 빠진다.

갑작스러운 신체 접촉에 움찔하거나 감전된 듯한 반응을 보인다.

자꾸 말이 헛나간다.

심리 반응 MENTAL RESPONSES

신체 접촉과 친밀감에 기분이 날아오를 것처럼 좋아진다.

이 세상과 그 안에 있는 모든 것들이 다 아름다워 보인다.

사랑하는 이와 함께 있을 때면 시간관념이 흐려진다.

정신이 흐릿하고 산만해지며 수시로 백일몽에 빠져든다.

사랑하는 이가 옆에 있을 때는 주변 인식이 없어진다.

자기가 누군가와 사랑에 빠졌다는 것을 자랑하고 싶어 한다.

연락 없이 보낸 시간이 너무 긴 게 아닐까 하고 걱정한다.

소유하고 싶은 기분, 질투.

함께 있을 때는 안심이 되고 마음이 평온해진다.

이런 상태가 장기간 지속할 때 나타나는 징후

개인적인 소지품들을 교환한다(옷가지, 장신구, 열쇠 등).

사랑하는 이의 친구들을 자기편으로 만들려고 노력한다.

수입과 재산을 공유한다.

어떤 역경도 기꺼이 견뎌내려 한다.

상대방이 바라는 것을 앞세운다.

성관계를 맺는다.

희망과 꿈을 공유한다.

사랑하는 상대에 맞춰 미래를 계획한다.

동거하거나 결혼 생활을 시작함으로써 함께 산다.

앞으로 심화할지도 모를 감정 단계 : 평안(288), 만족(100), 욕망(184), 경배(56)

이런 상태가 억압당할 때 나타나는 징후

벌겋게 달아오른 피부.

고조된 목소리.

낄낄대며 신경질적인 웃음소리를 낸다.

바짝 다가앉지만 접촉하지는 못한다.

눈을 뗄 수 없다.

안전한 거리를 유지한 상태로 지켜만 본다.

상대방의 사생활에 관심이 늘어난다.

"우리는 그저 친구일 뿐이야."

상대가 자신의 공간에 들어오면 환해짐을 느낀다.

Writer's Tip

묘사할 때 특별히 중요한 것은 바로 문장 구조이다. 문장의 호흡이 다채로워야 이야기의 흐름을 효과적으로 이끌어갈 수 있고 감각적인 디테일에도 활기를 불어넣을 수 있다. 그러면서 동시에 글이 '건조한 보고문'처럼 흐르는 것도 막게 된다.

30 상처받다 고통받다

HURT

비애나 정신적 고통으로 괴로운 상태. 마음에 금이 가거나 심한 타격을 입은 느낌.

몸 짓 PHYSICAL SIGNALS

얼 굴

눈을 동그랗게 뜬다.

이마에 깊은 주름이 파인다.

침을 어렵게 삼킨다.

머리를 떨군다.

오그라든 것처럼 보이는 목.

못 믿겠다는 듯 느리게 고개를 가로젓는다.

턱이 덜덜 떨린다.

멍하게 벌어져 있는 입.

핏기가 증발해버린 듯 하얗게 질린 얼굴.

아랫입술을 잘근잘근 깨문다.

촉촉이 젖은 눈가.

집요하면서도 고통에 찬 시선.

눈이 마주칠 듯싶으면 이내 피한다.

얼굴에서 찡그린 표정이 가시지 않는다.

손 짓

주먹으로 입가를 짓누른다.

배를 움켜잡는다.

목울대나 가슴뼈를 손으로 짚는다.
팔을 오므려 상체를 감싼다.

목 소 리

비난 조로 "어떻게 네가 나한테 이럴 수 있어?"라고 말한다.
말을 더듬거린다.
어휘들을 제대로 떠올리지 못한다.
아무 때나 울음을 터뜨린다.
입을 열어보지만 아무 말도 꺼내지 못한다.

행 동

움찔하며 후다닥 뛰쳐나간다.
흐느껴 우는 것처럼 등을 구부린다.
가슴 높이까지 셔츠를 걷어 올린다.
잠깐만 나갔다가 오겠다 해놓고는 황급히 자리를 뜬다.
몸을 반으로 굽힌다.
뒤뚱거리는 발걸음.
발을 헛디디고 넘어진다.
자꾸만 뒤로 물러난다.

몸 가 짐

가슴이 욱신거린다.
축 처진 어깨.
관절에 힘이 들어가지 않는다.
균형감과 자기통제력이 현저히 약화한다.
겉돈다.
팔을 엇걸어 옆구리를 누른다.

생체 반응 INTERNAL SENSATIONS

현기증.

신물이 넘어온다.

목구멍에 고통스러운 압박감.

허파 수축으로 숨쉬기가 힘겹다.

급격히 둔화해 순간적으로 멈춰버릴 것만 같은 심장 박동.

근육이 약해지고 팔다리가 떨린다.

눈앞에 섬광이 번쩍거린다.

심리 반응 MENTAL RESPONSES

시간이 멈춰버린 것처럼 느껴진다.

사고가 제자리를 맴돌며 자신의 내부로만 파고든다.

충격, 불신.

어쩌다 이 지경에 이르렀는지 이해해보려 한다.

내부가 허물어진 느낌.

이런 상태가 장기간 지속할 때 나타나는 징후

마음이 뿌리째 뽑히는 듯한 배신감.

기본적인 자세가 무너진다.

눈물, 흐느낌.

도주.

걷잡을 수 없는 분노로 대응.

사정없이 악을 쓴다.

폭력을 행사한다.

앞으로 심화할지도 모를 감정 단계 : 자포자기(232), 비애(60), 분노(132)

이런 상태가 억압당할 때 나타나는 징후

눈에 띄게 침을 자주 삼킨다.

부자연스런 태도와 경직된 몸가짐.

떨리는 것을 막아보려고 입술을 꼬집는다.

흔들리는 것을 추스르고자 일부러 몸을 긴장시킨다.

턱을 치켜든다.

억지로라도 다른 사람과 눈을 맞춰보려 한다.

Writer's Tip

등장인물의 외양을 묘사할 때 자연스러운 방식 한 가지는 그 인물이 처한 주변 환경과의 상호작용을 보여주는 것이다. 또한 이와 같은 유형의 묘사 방법으로 등장인물의 동선도 자연스럽게 도드라지게 된다. 그러다 보면 여러분은 해당 장면을 인물의 동선이 전개되는 과정에 따라 물 흐르듯 구성해갈 수 있다.

31 슬퍼하다
비애에 빠지다

SADNESS

고민이나 불행한 일 등에서 비롯된 감정 상태.

몸 짓 PHYSICAL SIGNALS

얼 굴

부어 있는 얼굴 또는 눈.
눈이 붉게 물들어 있다.
떡 진 화장.
얼룩진 피부.
자신의 손만 멍하니 내려다본다.
먼 데를 바라보고 있거나 공허한 응시.
표정이 늘 어둡다.
턱을 덜덜 떤다.
맥 빠진 표정, 촉촉이 젖은 흐릿한 눈.

손 짓

손으로 얼굴을 가린다.
가슴에 대고 손바닥을 문지른다.
양옆으로 축 늘어뜨린 팔.
주먹을 가슴에 대고 문지르거나 누른다.
팔로 어깨를 감싼다.
양팔 사이에 고개를 파묻는다.

목 소 리

코를 훌쩍거린다.
울부짖는다.
울먹이거나 몹시 쉰 목소리.
생기 없고 단조로운 목소리.

행 동

자신의 감정을 투사할 만한 징표를 움켜쥔다.
자신의 빈손을 멀거니 바라본다.
무거운 발걸음.
휴지를 찾는다.

몸 가 짐

움찔하고 놀란다.
어깨가 축 처져 있다.
딱 굳어 있는 자세.
다른 사람과 원만히 어울리지 못하고 매사에 어색해한다.
똑바로 앉아 있지 못하고 언제나 몸을 축 늘어뜨린다.
힘없어 보이는 몸놀림.
마음의 안정을 찾고자 십자가에 손을 대거나 반지를 착용한다.
굽은 등.
잔뜩 굽은 어깨.
외부 세계와의 상호작용이 점점 줄어든다.

생체 반응 INTERNAL SENSATIONS

가슴이 아파 견디지 못할 정도다.
뜨겁게 부풀어 오른 눈자위.
목구멍이 따갑다.
콧물이 질질 새어나온다.
목구멍과 갈비뼈 안쪽이 쑤신다.

세계가 핑핑 도는 듯 어지럽다.

기력이 쇠진한 것처럼 보인다.

쪼개질 것처럼 아픈 심장.

흐릿한 시야.

에너지 소진.

몸에서 한기가 느껴진다.

심리 반응 MENTAL RESPONSES

대답하거나 질문하기가 어려워진다.

더 나은 미래를 전망할 수가 없다.

자기 내면에 칩거하려 든다.

슬픔에서 벗어나고 싶다.

혼자 있고 싶다.

술이나 친구를 찾는다.

다른 사람과의 관계가 원만하기를 바란다.

고통스럽거나 부정적인 화제를 피한다.

고통의 순간이 끝나기만을 바란다.

이런 상태가 장기간 지속할 때 나타나는 징후

통절하게 울부짖는다.

자기도 모르게 자꾸만 흘러내리는 눈물.

호흡 과다 증후군이나 호흡이 가빠지는 증세에 시달린다.

식욕 저하.

절망, 체념, 낙담.

앞으로 심화할지도 모를 감정 단계 : 향수(296), 우울증(200), 고독감(180)

이런 상태가 억압당할 때 나타나는 징후

세상을 등지고 산다.

말을 하다 갑자기 멈추고 자신을 통제하려 한다.

심호흡.

눈의 잦은 깜빡거림.

숨을 자주 크게 쉬려 한다.

관심사를 바꾸려 한다.

술을 자주 홀짝거리거나 탐식한다.

떨리는 미소.

다른 사람의 손이나 물건을 잡으려 한다.

손으로 입을 가리거나 턱을 문지른다.

자기 자신보다 다른 사람의 고통이 한결 가볍다는 데 얽매인다.

모임에서 슬쩍 빠져나온다.

Writer's Tip

대화 장면에서는 혹시라도 말의 내용보다 등장인물의 생각을 따라가는 데 급급하지 않은지 세심히 살펴보도록 하자. 자칫 잘못하면 부자연스럽고 일방적인 대화로 흐를 우려가 크니까 말이다.

32 신경과민
초조하다

NERVOUSNESS

뭔가 불안정하고 금세라도 뒤흔들릴 것 같다고 느끼는 상태.

몸 짓 PHYSICAL SIGNALS

얼 굴

눈을 빠르게 깜빡거린다.
입술을 잘근잘근 깨문다.
눈 맞춤 회피.
호흡이 가쁘다.
동공이 확대된다.
눈동자가 심하게 떨린다.
안면 경련.
조급하고 고조된 억양의 웃음소리.
눈을 감고 숨을 고른다.

손 짓

목덜미를 문지른다.
변덕스런 손놀림, 손을 어디 둘지 몰라 한다.
손으로 머리를 자꾸 긁적거린다.
넥타이를 가지런히 한다.
귓불을 만지작거린다.
이전보다 손바닥에 땀이 훨씬 많이 난다.
손가락이나 발가락을 꼼지락거린다.

손톱을 잘근잘근 씹거나 깨문다.
손을 덜덜 떤다.

목 소 리

목청을 가다듬는다.
말을 더듬는다.
적절한 단어를 떠올리지 못한다.
어투가 빠르고 요란스럽다.
목소리의 억양, 어조, 성량 등이 갑자기 바뀐다.

행　동

짧게 끊어지면서 경련하듯 부자연스런 움직임.
다급한 걸음걸이.
셔츠의 윗단추를 채우지 않는다.
목이나 가슴을 긁적거리거나 문지른다.
바지에 대고 손바닥을 문지른다.
팔이나 다리를 꼬았다 풀었다 한다.
무릎을 들썩거린다.
같은 동작을 자꾸 반복한다.

몸 가 짐

흠칫흠칫 놀란다.
매사에 행동이 서투르다.
비상구를 눈여겨 봐둔다.
안절부절못한다.
보통 때보다 훨씬 오래 웃는다.
주의가 다른 데로 쏠릴 만한 일에 매달린다.
멀쩡한 방을 뒤집어놓고 청소한다.
차에 광택을 낸다.

생체 반응 INTERNAL SENSATIONS

첨예해진 지각들.

욕지기.

민감해진 피부.

어지럼증이 몰려온다.

텅 빈 듯한 공복감.

씰룩거리는 근육.

아랫배가 꼬이거나 벌렁거리는 느낌.

식욕 부진.

입이 바짝 마른다.

심장이 벌렁거린다.

두통.

심리 반응 MENTAL RESPONSES

어디론가 달아나고 싶다는 욕구.

일정하게 이뤄지지 않는 사고의 진전.

별다른 이유도 없이 밀려드는 공포감.

냄새에 민감해진다.

머릿속으로 항상 최악의 경우만 떠올린다.

시간이 빨리 지나가버렸으면 좋겠다고 바란다.

이런 상태가 장기간 지속할 때 나타나는 징후

구토한다.

피로감 또는 불면증.

공황 발작.

쉽사리 포기한다.

화를 벌컥벌컥 잘 낸다.

궤양을 비롯한 각종 소화불량에 시달린다.

갑작스러운 체중의 감소나 증가.

부정적인 사고 패턴.

알코올이나 마약 또는 줄담배 등에 의존하게 된다.

앞으로 심화할지도 모를 감정 단계 : 불안정(228), 불안(140), 공포감(68),

두려움(96)

이런 상태가 억압당할 때 나타나는 징후

억지스러운 미소를 입에 달고 다닌다.

손가락을 구부리거나 자주 꼬았다 풀었다 한다.

손을 마주 잡는다.

어색한 침묵.

눈을 자주 깜빡거리거나 별로 깜빡거리지 않는다.

누구와도 눈길을 마주치려 들지 않는다.

화제를 바꾼다.

대화를 피한다.

Writer's Tip

몸의 움직임과 그에 따른 외부의 반응만으로 독자에게 충분한 감정적 체험을 전달하기는 어려운 노릇이다. 이런저런 행위에 내부의 지각이나 의식이 적절히 뒷받침되어야만 더 깊은 흡인력을 이끌어낼 수 있다.

33 실망하다 낙담하다

DISAPPOINTMENT

기대했던 결과를 얻지 못해 기분이 울적해진 상태.

몸 짓 PHYSICAL SIGNALS

얼 굴

입술을 꾹 다물고 있다.

쓸쓸한 미소.

무거운 탄식.

눈 맞춤 거부.

느릿느릿 고개를 가로젓는다.

고개를 갸웃거리며 미간을 찌푸린다.

머리를 떨구고 눈을 감는다.

입을 멀거니 벌리고 있다.

얼굴을 자주 찌푸린다.

납덩이처럼 가라앉아 있는 표정.

눈가에 물기를 머금고 있다.

움찔하고 놀라면서 매우 고통스러워하는 표정.

입술을 잘근잘근 깨문다.

손 짓

양손에 얼굴을 파묻는다.

손으로 관자놀이를 짚는다.

손으로 머리를 잡아당긴다.

자신의 목덜미를 문지른다.
손을 배에 가져다 대고 눌러본다.
머리나 턱을 손으로 감싼다.

목 소 리

목구멍에서 끙끙 앓는 소리를 낸다.
힘들게 침을 삼킨다.
잔뜩 주눅이 들어 있는 목소리.
"안 돼"라고 웅얼거리거나 한숨 섞인 저주를 혼잣말로 내뱉는다.
발을 질질 끌고 다니거나 발끝으로 땅바닥을 걷어차기도 한다.

행 동

고개를 수그리고 다닌다.
의자나 벤치에 털썩 주저앉는다.
몸이 슬며시 좌우로 흔들린다.
목을 앞으로 길게 빼고 다닌다.
가만히 못 있고 계속 부스럭거린다.

몸 가 짐

축 처졌거나 푹 꺼진 어깨.
전반적으로 구부정한 자세.
"어째서 나만 이 모양이야?"라는 표정.
벽이나 문가에 몸을 기대고 마음을 가라앉히려 애쓴다.
거의 뛰다시피 걷는데 그러다 발을 헛디뎌 넘어질 뻔하다.
맥을 놓고 있으며 점점 더 창백해져가는 얼굴.
혼란스러워하거나 충격받은 눈길로 자신의 주위를 둘러본다.
어디로든 숨고 싶다는 속마음이 드러난다.
견디지 못하겠다는 듯 쉴 새 없이 파닥거린다.
스스로 몸을 감싼다.
팔꿈치를 움켜잡는다.

팔뚝을 문지른다.

다른 사람의 눈에 띌까 두렵다는 듯 매사에 살금살금 움직인다.

생체 반응 INTERNAL SENSATIONS

심장이 오그라든 것처럼 느껴진다.

위장이 쥐어짠 듯하다.

갑작스럽게 욕지기가 솟구친다.

흉부 압박감이 점점 더 심해진다.

숨결이 고조된다.

전반적으로 몸이 무겁다.

심리 반응 MENTAL RESPONSES

부정적.

뭔가가 몹시 두렵거나 희망이 아예 사라져버린 기분.

자기 자신이 이 세상에서 낙오했다는 패배감.

혼자 있고 싶다는 욕구.

무가치하다는 느낌.

이런 상태가 장기간 지속할 때 나타나는 징후

자책감.

될 대로 되라는 식의 체념.

술을 너무 많이 마신다.

암울한 노래만 열심히 듣는다.

어쩌다 이 지경이 되고 말았는지 후회와 집착.

다른 관심거리로 넘어갈 수가 없다.

앞으로 심화할지도 모를 감정 단계 : 우울증(200), 패배감(280), 분개(192),
분노(132)

이런 상태가 억압당할 때 나타나는 징후

입술을 꾹 다문다.

어깨가 축 처졌다가도 이내 곧게 편다.

거짓으로 힘내는 척하면서 여린 미소를 지어 보인다.

다른 사람을 편하게 해주려 노력한다.

만약의 사태에 대비한 계획을 늘어놓거나 여러 의견을 경청.

약속을 남발한다.

자신의 무릎 사이로 손을 끼워 넣는다.

승자에게 아낌없는 축하를 보낸다.

Writer's Tip

날것 그대로의 감정은 종종 아무 생각 없이 반사적으로 튀어나오기도 한다. 이 것은 대화나 행위에서 드러난다. 등장인물의 무모한 소행은 이야기의 흐름에 어마어마한 소용돌이를 불러올 수 있다. 이로써 작품에 긴장감과 갈등이 고조 된다.

34 안도하다 안심하다

RELIEF

숨 막힐 듯한 스트레스 요인이 줄어들거나 가벼워진 상태.

몸 짓 PHYSICAL SIGNALS

얼 굴

고개를 가로저으며 눈을 감는다.
숨이 턱 막힌다.
얼굴에 느리게 번져가는 미소.
입을 떡하니 벌린다.
눈을 들어 하늘을 올려다본다.
입술이 벌어진다.
머리를 숙인다.
눈을 감고 강박적으로 고개를 주억거린다.
머리가 뒤로 젖혀진다.

손 짓

손으로 입을 가린다.
손이 떨린다.
손바닥을 눈에 대고 누른다.
손으로 배를 누른다.
가슴에 대고 손바닥을 누른다.
십자성호를 그어 보인다.

목 소 리

몸을 들썩거리며 웃는다.
전해진 소식이 확실한지 다시 한 번 말해달라고 부탁한다.
울음을 터뜨리거나 막힌 게 뚫렸다는 듯한 환성을 지른다.
가벼운 신음을 내뱉는다.
가벼운 저주를 내뱉거나 신에게 감사한다.
분위기가 가벼워지도록 유머를 구사하려 한다.

행　동

부축 받고자 다른 사람에게 팔을 뻗는다.
벽이나 사람에게 기댄다.
다리가 기우뚱한다.
무릎이 굽혀진다.
뒷걸음질 친다.
의자에 털썩 주저앉는다.
이리저리 서성거린다.

몸 가 짐

맥 빠진 자세.
뭔가 말하려고, 이 상황에 맞는 의사 표현을 찾는다.
걸음걸이가 불규칙해진다.
이게 정녕 사실인지를 확인하는 질문을 공연히 계속 던진다.
자기도 모르게 입에서 긴 한숨이 새어나온다.
자기를 구해준 대상에게서 반짝거리는 시선을 거두지 못한다.
이 상황과 관련 있는 사람에게 친밀감을 나타낸다.
얼싸안는다.
손을 맞잡으려 한다.
쓰러질 듯 말 듯하다가 겨우 몸을 추스른다.

생체 반응 INTERNAL SENSATIONS

입이 마른다.

근육이 약해진다.

뜻하지 않게 모든 근육이 풀어진다.

눈시울이 촉촉해진다.

갑작스러운 기분 변화 또는 어지럼증의 엄습을 받는다.

심리 반응 MENTAL RESPONSES

누군가 자기를 붙잡아줬으면 싶다.

차분히 안도감에 젖어들고 싶은 욕구.

감사의 마음.

뒤죽박죽으로 뒤엉킨 생각들.

이 상황에 적절한 응답의 말을 찾을 수 없어 난감해진다.

아직 남아 있는 골칫거리들은 나중에 처리하기로 하고 미룬다.

이런 상태가 장기간 지속할 때 나타나는 징후

감정이 통제되지 않고 계속 눈물이 난다.

열광적인 반응.

감정의 기복이 심해진다.

아무 때나 소리를 질러댄다.

어디든 뛰어다닌다.

히스테리컬하게 울음을 터뜨린다.

허탈해진다.

가슴이 팽창하는 기분.

변덕.

목이 메어온다.

앞으로 심화할지도 모를 감정 단계 : 행복감(292), 흥분(324), 사의(64)

이런 상태가 억압당할 때 나타나는 징후

의도적으로 숨을 조용히 내쉰다.

짧게 눈을 감았다 뜬다.

코로 심호흡한다.

미소를 억제하려고 입술을 깨문다.

침을 꼴깍거리며 고개를 끄덕인다.

집중이 필요하면 눈을 가늘게 뜬다.

매사에 무뚝뚝한 태도로 임한다.

Writer's Tip

등장인물이 어떤 감정을 숨기고 있을 때 그것을 나타낼 만한 표시는 되도록 도드라지게 처리하는 편이 좋다. 이와 같은 정황에서는 변화를 통해 감정이 드러나도록 하는 게 더욱 효과적이다. 의사 표현의 패턴을 바꿔본다든가, 새로운 습관에 착안한다든가, 몸가짐이 달라진다든가 하는 식으로 말이다.

35 압도당하다 짓눌리다

OVERWHELMED

분위기나 정황에 눌려 꼼짝 못하게 된 상태.

몸 짓 PHYSICAL SIGNALS

얼 굴

그렁그렁한 눈가.

반복해서 고개를 가로젓는다.

허공에 대고 멍한 시선을 보낸다.

눈을 감는다.

숨쉬기가 곤란하다.

눈꺼풀이 파르르 떨린다.

눈꺼풀이 빠르게 껌벅거린다.

손 짓

떨리는 손을 이마에 올린다.

자신의 팔이나 배를 움켜잡는다.

눈을 감고 관자놀이를 주무른다.

두 팔로 무릎을 감싸 안고 쪼그려 앉는다.

빈 손바닥만 멍하니 내려다본다.

손으로 귓불을 잡아당긴다.

손을 무릎에 대고 앞으로 수그린다.

손으로 입술을 더듬거린다.

목 소 리

울먹거리는 목소리.

마구 떨리는 목소리.

말을 더듬거린다.

자기도 모르게 터져 나오는 울음을 어쩌지 못한다.

웃음을 터뜨린다.

비명을 지른다.

적당히 대답할 말을 찾지 못해 주춤한다.

행 동

거의 취한 것처럼 머뭇거리는 발걸음.

오히려 걱정을 가중시키는 누군가에게 성을 낸다.

가슴을 들썩거린다.

다른 사람의 품에 쓰러져 안긴다.

몸 전체를 흔든다.

뭔가를 자꾸 넘어뜨리거나 엎지른다.

바닥에 쓰러진다.

이리저리 서성거린다.

벨트와 옷깃 등을 느슨히 풀어헤친다.

늘 같은 옷만 꺼내 입는다.

몸 가 짐

사람을 멀리한다.

축 처져 있거나 잔뜩 굽은 어깨.

푹 꺼진 가슴.

균형 감각 저하.

의자에 푹 파묻혀 지낸다.

벽을 등에 지고 늘 구석 자리만 고수하려 든다.

생체 반응 INTERNAL SENSATIONS

갑자기 어디 앉고 싶어질 만큼 다리가 약해진다.

열기나 냉기가 몸 전체에 퍼진다.

종잡을 수 없는 변덕.

호흡하기가 어려워진다.

식욕 부진.

소음에 과민해진다.

귀에서 이명이 들린다.

시야가 좁아진다.

심리 반응 MENTAL RESPONSES

멘탈 붕괴.

내부로 침잠.

다른 사람의 말에 묵묵부답, 거의 신경쇠약 증세를 보일 정도.

무작정 위안을 얻고 싶어 한다.

혼자 있고 싶어 한다.

어떤 문제에 집중할 수가 없다.

몹시 우유부단해진다.

이런 상태가 장기간 지속할 때 나타나는 징후

도피 욕망.

압박감에 따른 발작증세.

비명이나 고함 따위를 질러 댄다.

때리거나 부순다.

혼절 또는 실신한다.

펑펑 운다.

히스테리 증상을 보인다.

두통.

고혈압.

근육의 피로감과 통증.

건강과는 거리가 먼 방향에서 위안거리를 추구한다.

심장 발작 또는 마비 증세의 엄습.

만성 피로, 불면증.

신체 건강이 극도로 쇠약해져 입원하게 된다.

앞으로 심화할지도 모를 감정 단계 : 불안(140), 우울증(200)

이런 상태가 억압당할 때 나타나는 징후

"정말 난 괜찮아. 아무 문제 없어."

거짓된 미소와 자신감.

기분 좋은 척하거나 거짓된 신명을 드러낸다.

"미안, 내가 오늘 너무 일찍 잠을 깨서 그래."

변명으로 이상 징후를 감추려 든다.

자신의 한계를 솔직히 시인하기보다는 아프다는 핑계를 댄다.

Writer's Tip

감정 묘사를 진행하다 보면 표정 변화에만 의존하기 쉽다. 그러는 대신 시선을 낮춰 주인공의 팔과 손, 다리, 발 등이 어떤 자세를 취하고 있는지 묘사해보자.

36 역정 내다
짜증 내다

IRRITATION

조급한 마음과 불쾌한 기분. 몹시 신경이 거슬리는 느낌.

몸 짓 PHYSICAL SIGNALS

얼 굴

입술을 꼭 다물거나 얇게 오므린다.

잔뜩 굳은 얼굴.

눈을 가늘게 뜨고 찡그린다.

문제의 대상을 슬쩍 흘겨본다.

눈살을 찌푸린다.

짜증 나는 대상으로 자꾸만 되돌아가는 눈길.

굳은 미소.

혀를 옆으로 돌려 볼을 부풀리거나 숨을 길게 내쉰다.

코로 크게 숨을 내쉰다(다른 사람의 귀에 들릴 정도).

이를 악문다.

볼의 안쪽을 질겅질겅 깨문다.

손 짓

목덜미를 문지른다.

팔짱을 낀다.

괜시리 옷을 잡아당기거나 끌어내린다.

뒤통수를 긁적거린다.

손가락을 비비 꼰다.

손가락을 꼼지락거린다.
손가락 마디에 핏기가 가실 정도로 손을 꽉 움켜쥔다.

목 소 리

공격적인 질문을 던진다.
억지웃음을 짓는다.
언성이 올라간다.
입만 달싹거리면서 뜸을 들인다.
상대방의 말허리를 자르고 끼어든다.
도발적인 억양으로 언쟁을 벌인다.

행　동

안절부절못한다.
발가락을 꼰다.
옷깃을 세워 얼굴을 가리려 한다.
습관적인 행동을 반복한다.
팔꿈치를 긁적거린다.
안경을 바로 쓴다.

몸 가 짐

다른 대상으로 주의를 돌린다.
다리를 가만히 두지 못한다.
갑자기 입을 다물고 대화에서 빠진다.
시간을 벌고자 잠시 다른 일에 관심을 두는 척한다.

생체 반응 INTERNAL SENSATIONS

흉부 압박감.
근육 수축.
민감해진 피부.
충동조절장애.

극단적으로 왔다 갔다 하는 기분.

체온 상승.

안면 근육과 턱의 경직으로 몸 상태가 불편해진다.

심리 반응 MENTAL RESPONSES

상대할 가치도 없다는 듯 문제의 대상을 무시한다.

불쾌한 생각들을 머릿속에서 몰아내려고 노력한다.

현재 상황을 두고 다른 누군가와 상의해보고 싶다는 욕망.

상대방이 그만 입을 다물어줬으면 하고 바란다.

이치에 맞지 않을지라도 자신의 신념대로 밀고 나가려 든다.

흐릿해진 판단력.

성과나 기여도에 따라 사람을 재단하려 한다.

이런 상태가 장기간 지속할 때 나타나는 징후

다른 사람의 논리나 견지에 대놓고 덤비려 든다.

욕을 한다.

"지금 당신은 자기가 무슨 말을 하는지도 모르고 있어!"

빈정거린다.

중상 비방.

안면 경련.

혈압 상승.

앞으로 심화할지도 모를 감정 단계 : 좌절감(248), 분노(132)

이런 상태가 억압당할 때 나타나는 징후

문제의 대상을 회피한다.

두 얼굴을 가진 품행.

별거 아닌 일로 트집을 잡는다.

수동적이면서도 공격적인 논평들.

억지로 문제의 대상을 모르는 척한다.

생각을 정리하기 위하여 자리나 상황에서 벗어난다.

등 뒤에서 상대방의 험담을 퍼뜨린다.

Writer's Tip

등장인물마다 고유한 몸짓 언어를 하나씩 창안해보자. 가령, 줄 서서 기다릴 때 그들은 발돋움하는 습관이 있는가? 생각에 깊이 잠겨 있을 동안에는 바지의 봉제선에 대고 그 선을 따라 손가락을 꼼지락거리는가? 독특한 버릇으로 캐릭터는 살아난다. 등장인물이 원고지에서 튀어나와 생동할 수 있도록 그려보자.

37 열의에 차다
자신감을 보이다

EAGERNESS

일을 제대로 해치우겠다는 정열과 의지.

몸 짓 PHYSICAL SIGNALS

얼 굴
반짝반짝 빛나는 눈망울.
강렬한 시선 교환.
혀로 입술을 핥으며 미소 짓는다.
길게 숨을 내쉬고는 활짝 미소 지어 보인다.
눈을 부릅뜨고 주위를 두리번거린다.
고개를 꼿꼿이 쳐든다.
눈썹을 이상해 보일 정도로 씰룩거리다가도 이내 미소 짓는다.

손 짓
손을 가만히 내버려두지 못하고 물건을 만지작거린다.
자신의 양쪽 호주머니에 손을 찔러 넣고 다닌다.
손을 마주 대고 비빈다.
손을 꽉 맞잡는다.
허리춤에 손을 얹고 당당히 선다.

목 소 리
말투가 빠르다.
말할 때 억양이 잔뜩 들떠 있거나 소란스럽다.
화제를 부풀려 이야기한다.

자주 질문하고 이런저런 정보를 요구한다.
열정적인 억양으로 숨죽여 속닥거린다.
혼잣말로 기합을 넣는다.
선동적인 어휘를 구사한다.

행 동

상체가 앞으로 향해 있다.
상대방의 말에 열성적으로 주의를 기울이면서 고개를 끄덕인다.
앞쪽으로 발을 쭉 내민다.
동작에 생기가 있다.
발가락 끝을 까딱거린다.
활달하게 이리저리 움직인다.
걸음걸이가 평소보다 빠르다.
속보로 걷다 이내 뛰어다닌다.
탁자 앞으로 의자를 바짝 끌어당겨 앉는다.
의자 끝에 걸터앉는다.

몸 가 짐

그게 무엇이든 상관없이 어떤 제의를 받으면 선뜻 응한다.
호출을 받으면 바로 손을 들어 올린다.
손을 무릎에 올리고 상체를 앞으로 숙인다.
자신의 개인적인 공간에 다른 사람을 불러들인다.
어깨 넓이가 한 뼘은 는 듯한 태도.
시선 교환을 주저하지 않는다.
상대방에게 먼저 눈짓을 보낸다.
행사나 모임이 있을 때는 단상 근처에 바짝 붙어 앉는다.
정시보다 일찍 도착한다.
누구와도 친숙하게 어울린다.
서두르라며 다른 사람을 재촉한다.

생체 반응 INTERNAL SENSATIONS

가벼운 복통.

심장 박동 수 급증.

가슴 속에서 뭔가가 부풀어 오르는 느낌.

가쁜 숨결.

아드레날린이 각성 효과를 준다.

심리 반응 MENTAL RESPONSES

청각이 예민해진다.

자기 자신을 단단히 정비하며 준비 태세를 갖춘다.

관심사 이외의 다른 대상에는 집중하기가 어려워진다.

다른 사람과 관심사를 공유하여 동참시키고 싶어 한다.

자기 억제력을 잃어버린다.

긍정적인 사고와 관점.

강한 책임감으로 다른 사람을 도와주거나 통솔하겠다는 각오.

이런 상태가 장기간 지속할 때 나타나는 징후

일찌감치 준비한다. 더러는 하루 전에 서두르기도 한다.

세부 계획을 철저하게 세웠거나 그럴 수 있도록 집착한다.

완벽성을 추구한다.

원하는 상황이 앞당겨질 수 있도록 일 따위를 서둘러 추진한다.

앞으로 심화할지도 모를 감정 단계 : 흥분(324), 조급증(240)

이런 상태가 억압당할 때 나타나는 징후

머리를 무릎 사이에 파묻는다.

근육 수축.

억지로라도 잠자코 있고자 노력한다.

말할 때 느릿느릿한 어조를 유지한다.

또박또박한 발음을 내는 데 집중한다.

깊은숨을 여러 번 내쉰다.

일에 몰두하거나 시간을 보내고자 따분한 일에 열중하기도 한다.

느슨하고 여유로운 자세로 매사에 태연자약한 사람인 척한다.

전략적으로 일부러 돌아가는 길을 택한다.

Writer's Tip

대화하는 대목에서 마찰을 잘 이끌어내려면 주된 목표 지점을 상반되게 설정해 두는 게 좋다. 고조된 감정적 반응은 누군가가 필요로 하는 것을 얻지 못할 때 필연적으로 따라오는 결과물이다.

38 외롭다 쓸쓸하다

LONELINESS

혼자 동떨어져 있거나 다른 사람과의 관계가 단절된 상태.

몸짓 PHYSICAL SIGNALS

얼굴

뭔가를 열망하는 눈길.
사람을 흘금거린다.
무표정하고 웃음기라고는 전혀 찾아볼 수 없는 얼굴.
눈 맞춤 회피.
무심코 바닥을 향하는 시선.
무거운 한숨.

손짓

자기 스스로 감싸 안는다.
자기 몸을 스스로 어루만진다.
인형이나 베개 등을 끌어안는다.

목소리

단조로운 목소리.
혼잣말을 웅얼거린다.
누군가와 대화하게 되면 장광설을 늘어놓거나 수다스러워진다.
고립감을 떨치고자 모르는 사람에게 말을 건다.

행 동

다른 사람이 하는 말을 엿듣거나 그들을 염탐한다.

야근이나 다른 업무까지 자원해 떠맡는다.

도피처로 책이나 인터넷 또는 TV 등을 택한다.

이목을 끌고 싶어서 알록달록하거나 튀는 옷을 입고 외출한다.

몸 가 짐

자신의 외양에 무관심해진다.

늘 똑같은 옷차림.

헝클어진 머리.

축 처진 어깨, 흐물흐물한 몸가짐.

행인들이 활보하는 거리를 다닐 때는 시선을 늘 내리깐다.

시무룩한 태도.

비위를 맞춰주려고 다른 사람에게 호의적으로 군다.

다정한 사람들을 보면 표정이 일그러진다.

거짓 허세.

메일이 오면 기분이 한결 밝아진다(스팸메일이라 할지라도).

어떤 사람이나 어떤 물건을 점찍는다.

누군가와 이야기하거나 약속 잡을 일이 생기면 좋아한다.

반복되고 판에 박힌 일상에 고착되어 있다.

똑같은 음식을 먹는다.

늘 똑같은 공원만 산책한다.

아바타로 대리 만족을 느낀다.

트위터나 페이스북에 열중한다든가 게임에 탐닉한다.

생체 반응 INTERNAL SENSATIONS

툭하면 목이 메면서 눈물이 쏟아질 것 같다.

혼자 있다는 감정이 고통이나 아픔으로 전이되어 나타난다.

불면증. 피로감.

심리 반응 MENTAL RESPONSES

군중이나 대규모 행사 또는 사교적인 활동 따위를 피하려 든다.

어딘가에 소속되거나 누군가가 자기를 원했으면 하는 욕망.

분노. 씁쓸함.

관계를 맺고 싶은 사람에 관한 백일몽을 꾼다.

모든 게 다 부질없다는 기분.

이런 상태가 장기간 지속할 때 나타나는 징후

자기 회의가 심해지면서 자신감을 잃는다.

체중 증가.

자신을 추하거나 무가치한 존재로 여긴다.

걷잡을 수 없는 울음이 터져 나온다.

이젠 상황을 뒤바꿀 수조차 없어졌다고 체념한다.

혈압 상승.

일 중독의 조짐을 보인다.

흥청망청 생활에 빠져든다(폭식, 폭음, 쇼핑, 도박 등).

애완동물을 입양한다.

자살 충동.

앞으로 심화할지도 모를 감정 단계 : 슬픔(152), 상처(148), 우울증(200), 체념(272)

이런 상태가 억압당할 때 나타나는 징후

자기에게 관심을 보이는 상대와 너무 빨리 친해지려 든다.

혼자 있는 쪽을 택하기로 한다.

누군가에게 너무 쉽게 친밀감을 드러낸다.

너무 쉽게 관계를 단념하기도 한다.

가족이나 친지들에게 자주 전화한다.

외로운 사람끼리 모여 친목 모임을 이루고자 한다.

혹시라도 누가 찾아주지나 않을까 종일 현관만 바라본다.

Writer's Tip

등장인물의 움직임을 다룰 때 생각 없이 되는 대로 고르는 것은 전혀 바람직하지 않다. 등장인물의 일거수일투족은 그에 상응하는 각각의 의도에 맞춰 신중히 다뤄야 한다. 예컨대 사건 전개, 감정 표출, 캐릭터 형성 등과 관련을 맺어야 한다.

39 욕망하다 갈구하다

DESIRE

사람, 사물, 추상적인 것 등을 탐내고 바라거나 갈구하는 태도.

몸 짓 PHYSICAL SIGNALS

얼 굴

벌어진 입술.
확고한 눈 맞춤.
그 대상을 똑바로 마주 본다.
눈빛이 환히 타오르다 은밀해지기도 하고 어느새 부드럽게 변한다.
붉게 상기된 피부.
침을 더욱 자주 삼킨다.
혀로 자주 입술을 핥는다.
애써 느긋한 미소를 지어 보인다.

손 짓

땀으로 축축해져 있는 손.
욕망의 대상을 대신해 자신의 손을 어루만진다.
손으로 자신의 얼굴과 입술을 자주 더듬거린다.
순간적으로 손을 움켜쥐었다가 이내 푼다.
자신의 목울대를 손으로 더듬거리거나 어루만진다.

목 소 리

말할 때 점점 더 버벅거린다.
말을 더듬는다.

말할 때 언성을 낮춘다.

행 동

상체를 수그리거나 앞으로 기울인다.
상대방의 행동을 따라 한다.
몸을 떤다.
전화벨이 울리면 곧바로 받는다.
숨을 오래 참는다.

몸 가 짐

조금이라도 더 거리를 좁히려는 움직임.
자신의 몸가짐을 느슨히 한다.
약간 다리를 벌리고 선다.
긴장이 이완된 근육.
다리에 맥이 풀린다.
욕망의 대상을 어루만지고 싶어 하거나 가까이 두려 한다.
무의식적으로 자신의 가슴을 앞으로 내민다.
대상과의 접촉을 유지하면서 그것을 속속들이 파악하려 한다.

생체 반응 INTERNAL SENSATIONS

자신의 심장 박동이 격해지는 것을 강하게 의식한다.
체온이 상승하고 있다는 것을 자각한다.
입안에 군침이 돈다.
팔과 목덜미에 소름이 돋는 듯한 기분을 느낀다.
손가락이 저릿저릿하거나 얼얼해져 자주 주무른다.
호흡이 가빠지거나 약해진다.
촉각이 극도로 예민해진다.
가슴이 파닥거리나 가벼운 통증을 느끼기도 한다.
변덕이 심해진다.

심장 근처로 통증이 이동해가는 것처럼 느껴진다.

말초신경이 곤두선다.

상대와 신체적으로 접촉하고 싶다는 열망에 휩싸인다.

심리 반응 MENTAL RESPONSES

그 대상이 남기고 간 흔적에 집착한다.

가장 탐낼 만한 그 대상의 특성에 초점을 맞춘다.

그 대상에게만 집중하기 위해 방해될 만한 것들을 배제한다.

거리를 완전히 좁히고 싶다는 욕구.

그 대상과 계속 접촉을 유지해 철저히 탐구하고 싶어 한다.

그 대상과 관련된 백일몽을 꾸거나 공상에 사로잡힌다.

소유하거나 포기하거나 양자택일.

조바심.

자기 억제가 잘 되지 않는다.

그 대상을 손에 넣기 위한 단계별 목표 지점을 설정한다.

자신의 가치를 입증해 보일 기회를 엿본다.

무엇보다 대상에게 필요한 존재가 되고 싶다는 열망을 품는다.

이런 상태가 장기간 지속할 때 나타나는 징후

어떤 난관도 굴하지 않고 더 가까이 돌진하겠다는 의지.

어떤 고통이나 장애도 견뎌내겠다는 각오.

다른 사람의 생각이나 느낌 따위에는 전혀 개의치 않는다.

사고 강박에 빠진다.

그 대상과 함께하는 일에 자신의 모든 것을 쏟아부으려 한다.

친구, 가족, 업무 등을 등한시한다.

성취를 목표로 자기 계발이나 지식 함양 등에 전념한다.

대상의 눈높이에 부응하고자 자신의 결함을 고치려 발버둥 친다.

앞으로 심화할지도 모를 감정 단계 : 경배(56), 사랑(144), 투지(276), 선망(124), 질투(260)

이런 상태가 억압당할 때 나타나는 징후

　　한동안 다른 데로 시선을 돌린다.

　　다른 일에 흥미를 두는 척한다.

　　다른 사람과 대화를 나누는 데 관심 있는 척한다.

　　마음을 붙일 만한 다른 대상들이 없는지 알아보는 척한다.

　　일부러 웃음을 흘리고 다닌다.

　　그 대상을 향해 저돌적으로 달려들기보다는 한 걸음씩 다가가는 쪽을 택한다.

Writer's Tip

감정이란 늘, 그게 좋은 쪽이든 나쁜 쪽이든, 어떤 결정을 내려야 하는 상황과 결부되기 마련이다. 그런 결정의 순간이 이야기를 끌고 나가는 동력을 발생시킨다.

40 우울하다 침울하다

SOMBERNESS

어둡거나 깊이 가라앉은 상태.

몸 짓 PHYSICAL SIGNALS

얼 굴

심각한 표정.
멍한 무표정.
시선을 내리까는 경향.
생각에 잠긴 표정.
내부로 향해 있는 시선 또는 초점 없는 응시.
말할 때는 사람과 눈을 마주치지 않고 허공만 바라본다.
언뜻 보기에는 잔잔한 모습이지만, 실은 아무런 표정도 없다.
미소도 짓지 않고 유머도 없다.
입가가 침울하게 뒤틀려 있다.
어둡거나 심각해 보이는 눈빛.
사색에 잠긴 표정.
땅만 쳐다본다.

손 짓

무릎 위에 가지런히 모은 양손.
뒷짐 진 자세.
머리를 두 손에 파묻고 있다.
손으로 턱을 괸다.

주머니에 손을 깊이 찔러 넣는다.
무의식적으로 손톱을 물어뜯는다.

목 소 리

감정이 실리지 않은 목소리.
말하기 전에 계속 머뭇거린다.
단어를 신중히 골라 쓴다.
목소리가 기어들어간다.

행 동

매우 느린 걸음걸이.
칙칙하고 색깔 없는 옷만 골라 입는다.
시무룩하게 앉아 있다.
부자연스러워 보이는 침묵.
팔과 다리를 몸에 바짝 붙인다.

몸 가 짐

움직임 없이 딱 멈춰 있는 자세.
슬프거나 진지한 거동.
폐쇄적이고 고집스러워 보이는 태도.
모든 사태를 지나치게 어둡거나 무겁게만 바라본다.
주변을 축 처지게 할 정도로 암울한 분위기.
연체동물처럼 늘어진 자세.
움직임이 기능적이고 세세하다.
외부 자극에도 별다른 반응을 보이지 않는다.
매사에 진중하고 차분한 태도를 보인다.
최소한으로만 몸을 움직이면서 몸놀림을 절제한다.
음식과 음료에서 아무런 맛도 느낄 수 없다.

생체 반응 INTERNAL SENSATIONS

피로감, 에너지 결핍.

팔다리나 근육이 무겁다.

뭔가에 잔뜩 짓눌려 있는 기분.

호흡은 느리고 고른 편이다.

심리 반응 MENTAL RESPONSES

축 가라앉은 기질.

부정적인 관점.

혼자 있고 싶다는 욕구.

다른 사람과 원활하게 대화를 나누기가 어렵다.

다른 사람에게 묻기보다는 자기 내부에서 답을 찾으려고 한다.

이런 상태가 장기간 지속할 때 나타나는 징후

부정적인 관점이나 각성을 맹목적으로 수용한다.

취미 활동이나 유흥에도 관심이 없어진다.

비애감, 비관.

자기와 감정 상태가 다른 사람을 피한다.

다른 사람이 뭘 필요로 하는지 알아채지 못한다.

목표나 욕망 또는 곧 있을 행사 등에 무심해진다.

앞으로 심화할지도 모를 감정 단계 : 우울증(200), 체념(272)

이런 상태가 억압당할 때 나타나는 징후

억지웃음.

미소를 너무 자주 짓는다.

이내 가시고 마는 한순간의 미소.

경조사에 참석하겠다고 약속하지만 가지는 않는다.

미소를 지을 때도 눈은 웃지 않는다.

진지한 어조로 적확한 단어들만 골라 쓴다.

액세서리에 집착한다.

장면에 현재 상황과 맞닿아 있는 과거사의 회상 장면을 포함시킬 때는 감정적인 요소들이 확실히 두드러지도록 할 것. 감정은 기억을 촉발하는 기폭제일 뿐 아니라 현재와 과거가 매끄럽게 연결되도록 도와주는 매개체로 작용할 수 있다.

41 울분을 느끼다
분개하다

RESENTMENT

뭔가에 분개한 상태. 상처 받았거나 모욕당했다는 느낌.

몸 짓 PHYSICAL SIGNALS

얼 굴

입술을 깨문다.

무표정한 시선, 가늘게 뜬 눈.

험상궂게 노려본다.

뽀로통한 표정(아이들).

입술을 삐죽거리며 씁쓸한 표정을 지어 보인다.

입술을 말아 올려 이를 드러낸다.

예리하고 다부져 보이는 턱선.

퉁명스러워 보이는 미소.

바라보는 게 아니라 무심히 스쳐 지나가는 시선.

굳은 표정.

손 짓

가슴을 친다.

가슴 위로 팔을 엇건다.

팔을 앞으로 뻗어 굳게 주먹을 말아쥔다.

주먹을 부르르 떤다.

주먹으로 책상 따위를 내리친다.

자신의 머리채를 움켜쥔다.

목 소 리

심술궂고 악의적인 언행.

욕설.

심하게 언성을 높인다.

말다툼.

한숨을 내쉬거나 욕설을 내뱉으며 뭐라고 투덜거린다.

신랄한 어조로 누군가에게 잔소리를 퍼부어댄다.

누군가를 뒤에서 험담한다.

고개를 가로저어놓고는 정작 아무 말도 하지 않는다.

행   동

공간에서 뛰쳐나간다.

씩씩거리며 돌아선다.

계단을 미친 듯 뛰어 올라간다.

필요 이상으로 강하게 문을 닫는다.

몸 가 짐

갈수록 다른 사람과 거리를 두려 한다.

불평불만.

거친 태도.

누군가의 친절이나 호의를 사양한다.

문제의 대상과 마주치려 하지 않는다.

잔뜩 경직된 태도.

상대방의 화해 시도를 의도적으로 무시한다.

누군가의 성과나 지위를 깎아내린다.

목과 어깨에 잔뜩 힘이 들어가 있다.

억울한 기분에서 누군가의 계획이나 활동을 방해한다.

생체 반응 INTERNAL SENSATIONS

긴장의 지속에 따른 두통.

아래턱이 아리다.

가슴이 답답해진다.

목이 꽉 막혀오는 기분.

목덜미가 뻣뻣해진다.

속이 쓰리고 소화가 안 된다.

심리 반응 MENTAL RESPONSES

표적을 향한 불편한 심기.

부당하거나 공정하지 못한 일 처리에서 오는 좌절감.

다른 사람이 몰락하는 상황을 머릿속으로 자주 그려본다.

매사에 까탈이 심하다.

혼자 있고 싶어 한다.

다른 사람의 관계도 망가트리고 싶어 기회를 엿본다.

같은 처지의 사람을 끌어들여 단체를 규합하고 싶다는 욕망.

이런 상태가 장기간 지속할 때 나타나는 징후

체중 증가.

각종 질환.

불면증.

늦게 출근하거나 전화로 병 때문에 결근해야 한다고 말한다.

혈압 상승.

복수할 기회를 노린다.

앞으로 심화할지도 모를 감정 단계 : 분노(132), 증오(256), 질투(260)

이런 상태가 억압당할 때 나타나는 징후

고립을 자처한다.

침묵을 지킨다.

욱하는 성깔이 튀어나오지 않을 만한 방향으로 화제를 돌린다.

억지로 미소 짓고 다닌다.

Writer's Tip

독자에게 장면이나 인물 또는 소품 등을 새로이 선보일 때는 다른 인물의 대화 내용을 활용해보는 방법도 꽤 유용할 수 있다. 그들의 이야기와 그 반응에서 독자는 새로 등장하게 될 인물이나 그 밖의 요소를 이해할 단서를 얻을 수 있기 때문이다.

42 유감스럽다 애석하다

REGRET

자신의 힘으로는 통제하거나 돌이킬 수 없는 정황을 안타까워하는 상태.

몸 짓 PHYSICAL SIGNALS

얼 굴

무거운 한숨.
벌어진 입.
눈을 감고 콧날을 꼬집는다.
미간을 잔뜩 찌푸린다.
앞머리를 내려뜨려, 되도록 모습을 감추고 싶어 한다.

손 짓

손을 얼굴에 대고 비빈다.
손을 가슴뼈 위에 얹는다.
팔꿈치를 모은다.
두 손으로 얼굴을 뒤덮는다.
눈을 감고 눈자위를 꾹꾹 누른다.
손을 들어 올렸다 힘없이 떨어뜨린다.
양옆으로 축 늘어뜨린 손.
손을 떤다.

목 소 리

합리화하거나 설명하려고 든다.
자주 대화의 맥락을 잃고 헤맨다.

하다 만 듯한 의사 표현.
기어드는 목소리로 말한다.
입소리를 내거나 "정말 부끄러운 일이지"라고 웅얼거린다.
"그 여자는 어떻게 지내는 것 같아?"
스스로 비하한다.

행 동

자신의 발 쪽으로 시선을 내려뜨린다.
몹시 쑤신다는 듯 가슴을 문지른다.
구부정한 자세.
팔이 무겁고 어깨가 축 처져 있다.

몸 가 짐

자신의 허물을 뉘우친다.
고통스러운 표정.
희생자를 피한다.
화해할 길을 찾아본다.
자신이 예전에 했던 행위나 선택을 질책한다.
이미 벌어진 일들을 돌이키고자 발버둥친다.
다른 사람과 점점 더 거리를 두며 지낸다.
사교 모임에서도 자신의 존재감을 지워가려고 노력한다.

생체 반응 INTERNAL SENSATIONS

명치에 뭔가가 걸려서 안 내려가는 것 같다.
불면증.
호흡이 충분치 않다.
신경성 위장 장애.
식욕 저하.
가슴이 답답하고 뭔가가 얹혀 있는 듯한 느낌.

심리 반응 MENTAL RESPONSES

자기혐오.

자기만 이 세상의 고통과 심판의 결과를 걸머지고 있다는 기분.

모든 상황을 회한과 결부 짓는 강박에 시달린다.

과거 상황을 자꾸만 되돌아본다.

생각이 집요하게 자신의 내부로만 침잠해 들어간다.

어떻게 해서든 그 순간을 잊어보고자 노력한다.

남의 눈에 띄지 않고 싶다는 욕구.

심란하다.

그 일이 벌어지지 않았으면 얼마나 좋았을까 하고 생각한다.

이런 상태가 장기간 지속할 때 나타나는 징후

자신의 건강을 돌보지 않는다.

체중 감소.

사회생활에서 유리된다.

모임이나 단체에서 쫓겨난다.

취미 활동이나 일상에서 즐거움을 찾기 어려워진다.

다른 관계에서 과잉 보상을 기대한다.

흐느껴 운다.

자기 파괴적인 행실.

약물과 알코올에 빠져든다.

위험한 성적 쾌락을 추구한다.

폭력적인 인간관계를 맺게 된다.

인간관계의 끈이 완전히 끊어진다.

궤양을 앓게 된다.

다른 사람과 친밀한 교류를 나눌 수 없게 된다.

자기 자신을 용납할 수 없다.

앞으로 심화할지도 모를 감정 단계 : 자책감(120), 좌절감(248), 우울증(200)

이런 상태가 억압당할 때 나타나는 징후

절박하게 새로운 인간관계를 찾아 나선다.

그동안 자신이 이룬 성과를 과장해 늘어놓는다.

지금까지의 삶에서 벗어나 다른 길을 선택한다.

직종을 바꾼다.

이사한다.

어떤 단체에 철저히 얽매여 있는 것처럼 행동한다.

애써 행복한 표정을 지어 보인다.

Writer's Tip

묘사할 때 지나치게 의존해온 표현들에는 무엇이 있는지 살펴보자. 하늘을 나타내는 대목마다 '푸른색'을 남용해오지는 않았는가? 여러 장면에서 소리를 감각적으로 표현한 구절들(바스락거리는 나무숲 사이로 스쳐 지나가는 바람 등등)이 나오고 있지는 않은가? 지나친 반복 사용을 피할 수 있도록 이와 같은 세부 사항들을 하나 하나씩 꼼꼼히 점검해보자.

43 의기소침하다 우울하다

DEPRESSION

자기 안으로 깊숙이 움츠러드는 감정. 슬픔이 심해 의욕이 없는 상태.

몸 짓 PHYSICAL SIGNALS

얼 굴

눈을 깜빡거리지 않는다.
촉촉이 젖어 있거나 붉게 충혈된 눈.
자기 손을 향해 내리뜬 시선.
헝클어진 머리.
양쪽 아귀가 밑으로 처져 있는 입.
늘어난 얼굴 주름, 맥 빠진 표정.
눈 밑의 다크 서클.
폭삭 늙은 얼굴.
자글자글한 주름, 축 처진 눈시울, 흰 머리.
멍한 눈길.

손 짓

굼뜬 손놀림.
아무렇게나 자란 손톱.
손으로 턱을 괸다.

목 소 리

울부짖는다.
변명거리를 찾는다.

생기나 활력이 전혀 느껴지지 않는 억양.
다른 사람의 말에 전혀 응답하지 않는다.
남과 대화를 나누는 데 서툴다.

행 동

매일 똑같은 옷을 입고 다닌다.
발을 질질 끌고 다닌다.
걸려온 전화나 방문객을 무시한다.
잘 먹지 못한다.
업무 약속, 대화 내용, 회합 일정 등을 깜빡한다.
음식물을 깨작거리거나 맛을 느끼지 못한다.
일거리(업무, 학교 과제, 살림 등)에 도무지 집중할 수 없다.

몸 가 짐

수척한 몰골.
현저한 체중 감소 또는 증가.
자극이나 외부 소음에 점점 더 별다른 반응을 보이지 않게 된다.
일어나야 할 이유를 찾지 못해 마냥 침대에 까라져 있다.
축 처진 몸가짐, 푹 꺾인 목선.
상실감을 더욱 자극하는 장신구 등 사물에 집착.
수면 장애. 수면 과다.
지저분한 집과 방 또는 사무 공간.
각종 질환.
흥미를 보이는 취미 활동이 전혀 없다.
학기를 마치지 못하거나 직장 생활에도 실패한다.
고립을 자처.
사회 활동에서 물러나거나 친구들과의 교우 관계를 멀리한다.
옷을 크게 입거나 극히 몰취미한 의상 선택.
고약한 체취가 난다.

생체 반응 INTERNAL SENSATIONS

가슴 한 구석이 움푹 파인 것처럼 느낀다.

심장 박동이 둔화한다.

심신의 통증.

얕게만 호흡한다.

심한 피로감.

심리 반응 MENTAL RESPONSES

자기 내부에만 관심이 쏠려 있다.

과거로 돌아가서 살거나 혼자 있고 싶다는 욕구.

다른 사람이나 외부 현상을 제대로 살피지 못한다.

사고 강박.

부정적인 관점.

집중력 저하.

시간 감각 마비.

자기 내부의 상처에 집착.

이 세계와 세상 사람을 비관적으로만 바라본다.

소음, 군중 등 신경을 거스르는 것들을 극도로 혐오한다.

이런 상태가 장기간 지속할 때 나타나는 징후

음식물을 섭취하는 데 장애가 온다.

병적인 행동.

머리카락을 잡아당긴다.

강박 장애.

편집증 증세.

자살 충동.

자살 시도.

약물 중독.

이런저런 것들을 비축해두는 데 극도로 집착.

앞으로 심화할지도 모를 감정 단계 : 향수병(296), 통절한 회한(196),

깊은 슬픔(152)

이런 상태가 억압당할 때 나타나는 징후

반응하기 전에 잠시 멈칫거린다.

억지스럽거나 거짓된 감정들만 표출한다.

심한 자기 성찰이나 과음.

과장되게 밝은 미소를 지어 보이는 등 가면을 쓴다.

사회생활과 사람과의 교류를 피하고자 아픈 척한다.

거짓말.

Writer's Tip

그저 감정을 묘사해 보이는 것만으로는 충분치 않다. 작가는 독자가 그것을 느끼게 할 수 있어야 한다. 그러려면 강한 감정이 느껴질 때 여러분이 체험하게 되는 신체 내부의 지각 현상을 곰곰이 되돌아보자. 그리고 만일 그게 타당해 보인다면, 독자에게 그와 유사한 체험을 전할 수 있도록 그 순간의 지각들을 생생히 그려보자.

44 의기양양하다 신이 난다

ELATION

고무된 정신 상태로 행복감을 느끼거나 잔뜩 들뜬 상태.

몸 짓 PHYSICAL SIGNALS

얼 굴

붉은 혈색.
상기된 외관.
억누를 수 없는 미소 또는 함박웃음.
너털웃음.
머리를 뒤로 젖혀 하늘을 우러러본다.
광채가 나는 얼굴.
강건하고 윤기가 흐르는 안색.
반짝거리는 눈을 크게 뜬다.
행복의 눈물, 반짝반짝 빛나는 뺨.
더 크게 보이는 광대뼈.

손 짓

두 팔을 들어 올려 승리의 V자를 그린다.
두 손으로 머리를 움켜잡으며 감탄한다.
작게 혹은 크게 손뼉을 친다.

목 소 리

고막이 울릴 정도로 요란한 환성, 함성, 괴성.
다른 누군가에게 왁자지껄하게 떠벌인다.
"와!" "이게 꿈이야, 생시야."

콧노래로 즐거운 기분을 드러낸다.

행   동

쉬지 않고 달린다.
무릎을 꿇는다.
팔짝팔짝 뛰어다닌다.
그 자리에서 덩실덩실 춤을 춘다.
요란스럽게 환성을 지른다.
팔과 다리를 힘껏 내지르며 너른 보폭으로 걸어 다닌다.
가슴을 앞으로 내민다.
허공을 향해 뭔가를 던져 올린다.
하늘을 향해 두 팔을 들어 올린다.

몸 가 짐

승리에 도취한 태도로 트랙을 한 바퀴 돈다.
다른 사람을 얼싸안는다.
다른 사람이 어떻게 생각하든 개의치 않는다.
무아지경.
행복감을 나누는 것으로 자신이 이 공동체의 일원임을 느낀다.
원기 충만.
어딜 가든 날아다닐 듯 걷거나 뛰어다닌다.
팔짝팔짝 좋아 죽는다.
땀을 많이 흘린다.

생체 반응INTERNAL SENSATIONS
몸 전체에 온기가 돈다.
가슴이 쿵쾅거리면서 심장 박동이 빨라진다.
머리가 극히 맑아진다.
아드레날린 상승으로 활력이 돈다.

심리 반응 MENTAL RESPONSES

사고가 흩어진다.

너무 흥분해 있는 탓에 생각을 똑바로 이어가기가 어렵다.

가족과 친지들에게 둘러싸이고 싶다는 욕구.

그동안의 활동이나 희생 또는 노고가 제대로 보상받았다는 느낌.

이 순간에 이르기까지 겪어야 했던 역경들을 되돌아본다.

이런 결실이 가능하도록 도와준 모든 이에게 고마워한다.

이런 상태가 장기간 지속할 때 나타나는 징후

걷잡을 수 없이 쏟아져 내리는 눈물.

자기통제 기능 상실.

근육 경련.

탈진한 나머지 땅에 엎어진다.

호흡 곤란.

환성을 지르거나 소리를 지르고 싶어도 목소리가 안 나온다.

말을 할 수가 없다.

앞으로 심화할지도 모를 감정 단계 : 만족감(100), 자부심(220), 고마움(64)

이런 상태가 억압당할 때 나타나는 징후

아무리 힘든 일에 도전하고 있어도 안색이 마냥 밝다.

평정심을 유지하고자 호흡을 가다듬는다.

이 느낌을 계속 간직하고자 자신을 북돋는다.

눈을 감고 입을 가린다.

자신을 다스리려는 노력으로 몸이 떨린다.

함박웃음을 숨기기 위해 고개 숙인다.

감정을 표현할 때 여러분이 염두에 두는 신체 반응의 목록을 작성해보자. 아직 주목하지 못한 부분이 있지는 않은가? 이 빠진 부분 가운데서 하나를 활용해보는 것으로 또 하나의 독자적인 징후를 포착하려면 여러분 자신의 반응을 되돌아보는 게 가장 좋은 방법이다. 그리고 새롭게 포착해낸 신체 반응이 있다면, 그동안 너무 많이 사용되어 빤해진 동작 한 가지를 그것으로 대체해보도록 하자.

45 의심하다
자신이 없다

어떤 것에 의구심을 품거나 스스로 믿지 못하는 상태.

몸 짓 PHYSICAL SIGNALS

얼 굴

미간을 찌푸리고 있다.
심각한 표정.
시선이 아래로 향하거나 먼 데를 본다.
눈 맞춤 기피.
입술을 꾹 다문다.
걱정스러운 표정을 짓는다.
부자연스러워 보이는 미소.
마지못한 듯 고개를 끄덕거린다.
목을 길게 뽑고 눈썹도 추켜세운다.
평소보다 침을 훨씬 자주 삼킨다.
깊고 무거운 한숨.
입술을 오므린다.
고개를 절레절레 흔든다.
숨을 깊이 들이마셨다가 세게 내뿜는다.

손 짓

두 손을 양쪽 주머니에 찔러 넣고 다닌다.
자신의 뺨을 때린다.

손으로 머리를 쓸어 넘긴다.
손가락 장단을 맞춘다.
슬며시 주먹을 움켜쥔다.
목덜미를 문지른다.
귀를 엄지손가락으로 후빈다.

목 소 리

목청을 가다듬는다.
"음" 하며 막간을 두거나 이런저런 잡담들로 시간을 끌려 한다.
확실하냐 분명하냐고 되묻는다.
언쟁을 벌이겠다는 투로 질문한다.

행 동

발을 이리저리 달싹거린다.
슬며시 뒷걸음질 쳐 자리에서 빠져나간다.
옷을 거칠게 벗어젖힌다.
어깨를 으쓱한다.
눈 맞춤을 피하려고 전화기를 만지작거린다.
얼굴 위로 손을 가져다 대며 눈을 감는다.
팔짱을 끼거나 다리를 꼭 끌어안는다.

몸 가 짐

자신의 외관을 점검하고 또 점검한다.
지연 전술을 쓴다.
조건을 다시 훑어보자고 제의한다.
모임이나 행사가 있을 때는 한쪽 귀퉁이에 머문다.
도와주겠다는 제의를 사양한다.
엉뚱한 행동을 하고는 그럴싸한 이유를 둘러댄다.
머리를 두드려대면서 어떤 판단이 좋을지 가늠해보려 한다.
예상 가능한 파급효과를 들먹인다.

약삭빠르게 다른 제안을 내놓는다.

매사에 이럴까 저럴까 주저한다(광고전단을 받을까 말까 등).

생체 반응 INTERNAL SENSATIONS

몸에 생기가 사라진다.

부쩍 살이 빠진다.

식욕이 떨어진다.

심리 반응 MENTAL RESPONSES

작금의 상황과 추이를 걱정한다.

발생할지도 모를 2차 손실을 미리 내다본다.

어떻게 해야 상황을 모면할 수 있을지 궁리한다.

상황을 뒤집을 확실한 증거가 없을지 떠올려보려 한다.

일이 잘 풀리기를 기원한다.

이런 상태가 장기간 지속할 때 나타나는 징후

단정적인 의사표현이나 허심탄회한 동의 등을 피한다.

자신을 두둔할 만한 사람과 관점을 공유하려 든다.

자신이 내놓은 해결책이 조롱당할까 봐 전전긍긍한다.

앞으로 심화할지도 모를 감정 단계 : 걱정(36), 불신(136), 불안(244)

이런 상태가 억압당할 때 나타나는 징후

의자에 앉아서도 안절부절못한다.

누군가의 의견에 동조할 때는 헛기침을 한다.

자신감이 넘치는 척한다.

곧은 자세를 취하거나 왕왕 울리는 목소리로 말한다.

다른 사람을 거짓말로 호도한다.

곧바로 동의해주지 않을 때는 이런저런 핑계를 대려 한다.

측근에게 과잉 친절을 보인다.

지기기 대신 나서서 문제를 비로잡겠다고 한다.

말로 한 지원 약속을 자꾸 미룬다.

46 의혹을 품다
수상하게 여기다

SUSPICION

뚜렷한 증거는 없지만 뭔가가 틀려먹은 것 같다고 미심쩍어함.

몸 짓 PHYSICAL SIGNALS

얼 굴

눈을 가늘게 뜨고 콧등을 찡그린다.
미간을 찌푸린다.
붉게 달아오른 피부.
의심스러운 대상을 쏘아본다.
직접적인 눈 맞춤을 피한다.
거짓 미소.
입술을 일자로 오므린다.
이를 악문다.
입술의 안쪽을 깨문다.

손 짓

주머니에 손을 찔러 넣고 있다.
팔을 몸에 바짝 붙인다.
팔짱을 낀다.
손가락으로 책상을 톡톡 두드린다.

목 소 리

언성을 높인다.
"여기서 뭐 하는 거지?"

"도대체 어쩌려는 거야?"
말하는 동안 팔을 휘휘 젓는다.
삿대질해가며 논쟁하듯 언성을 높인다.
의심 대상과 말다툼을 벌인다.
"그러니까 내 차에 펑크가 났을 때 하필 당신이 그 옆에 있었던
거로구먼, 앙?"
정보를 취합하고자 계속 질문한다.

행 동

몰래 염탐한다.
엿듣는다.
의심스러운 사람을 미행한다.
상대의 습성과 외관을 주도면밀하게 살펴본다.
표 나지 않게 조금 더 밀착할 수 있도록 상체를 앞으로 기울인다.
의심 대상의 활동과 행적을 기록해둔다(메모나 사진 등).
다리를 넓게 짚고 선다.
다급한 걸음걸이.

몸 가 짐

미심쩍어하는 기분에서 몸을 비스듬히 한다.
뭔가를 곰곰이 되짚어보거나 주시하려고 일부러 고개를 낮춘다.
상대가 눈치채지 못하도록 태연하게 행동하려 애쓴다.
머릿속으로 확실한 증거들을 따져보며 고개를 갸웃거린다.
의심 대상과 마주 서 있는 동안 손가락으로 뭔가를 가리킨다.
숨김없이 그대로 불신을 드러낸다.
다른 사람도 의심 대상의 유죄를 믿도록 설득한다.
이쪽이냐 저쪽이냐를 놓고 갈팡질팡한다.

생체 반응 INTERNAL SENSATIONS

호흡이 가쁘다.

아드레날린 폭주.

심장 박동이 강해진다.

아랫배가 뻐근해진다.

심리 반응 MENTAL RESPONSES

의심 대상의 거짓말을 까발리기 위하여 열심히 엿듣는다.

머릿속으로 그 상황과 관련 있는 모든 것을 샅샅이 훑어본다.

용의자에게서 자신과 다른 사람을 보호하고 싶어 한다.

자신이 의심받을까 봐 두려워한다.

조심스럽게 혐의를 증명할 논거를 준비한다.

상황의 위험 수위를 가늠해본다.

투쟁하거나 도주하고 싶어진다.

현장을 덮쳐 의심 대상의 실체를 드러내고 싶어진다.

이런 상태가 장기간 지속할 때 나타나는 징후

의심 대상에 집착한다.

스토킹.

의심 대상의 자백을 기대하며 그를 다독여본다.

숨김없이 불신을 드러내거나 의심 대상을 따돌리려 한다.

관계 기관에 신고한다.

의심 대상의 실체가 드러나게 될 순간을 머릿속으로 그려본다.

앞으로 심화할지도 모를 감정 단계 : 공포감(68), **동요**(320), **분노**(132), **편집증**(284)

이런 상태가 억압당할 때 나타나는 징후

가벼운 고개 끄덕임.

확실한 동의를 유보하고자 "음" 하며 시간을 끈다.

단조로운 억양의 목소리.

확실한 의견을 밝히지 않고 대답을 얼버무린다.

의심 대상을 피한다.

성급하고 요란스럽게 동의한다.

"나는 100퍼센트 자네 편이야."

"완전히 동감이야."

신경증적인 동작들.

손톱을 깨문다.

셔츠 버튼을 비튼다.

목을 문지른다.

의심 대상이 속한 무리에 끼지 않으려 한다.

의심 대상과는 빨리 헤어지고 싶어한다.

Writer's Tip

등장인물이 자신의 감정을 대화에서 숨김없이 그대로 토로하면, 독자에게는 적신호가 켜진다. 여러분이 실제 현실에서 그런 식으로 감정 표현을 하지 않는다면, 등장인물에게도 그러라고 강요하지 말자.

47 자만하다 우쭐하다

SMUGNESS

자기 자신을 확신하며 스스로 만족감을 느끼는 상태.

몸 짓 PHYSICAL SIGNALS

얼 굴

턱을 치켜들고 있다.

일부러 추켜세운 눈썹.

뭔가를 묻듯 직선적인 눈 맞춤.

살짝 찡그리는 듯하면서 굳은 미소.

너 잘났다는 투로 고개를 끄덕여 보이거나 힐끔거린다.

눈알을 굴린다.

머리를 뒤로 쓸어 넘기며 고개를 가로저어 보인다.

손 짓

팔짱을 끼고 있다.

손사래를 쳐서 일축해버린다.

사람의 이목이 쏠리도록 자신의 장신구를 계속 만지작거린다.

목 소 리

이죽거리거나 조롱한다.

다른 사람의 등 뒤에서 비열한 험담을 일삼는다.

너무 한심스럽다는 듯 내쉬는 한숨(씩씩거린다).

왕성한 성량의 목소리로 왁자지껄하게 자기 자랑을 떠벌린다.

즉흥적인 말을 내뱉어 상황을 악화시킨다.

"뭐든지 해보시든가."

"확실하다니까, 그래 보든가."

"그렇게 말한다면야 할 수 없지!"

상대방을 집요하게 빈정거린다.

비난과 조소.

다른 사람과 얘기를 나눌 때는 항상 주도하려 든다.

좋아하는 사람에겐 요란한 찬사를 아끼지 않는다.

자신의 지인이라도 된다는 듯 유명한 사람의 이름을 들먹거린다.

"그러게 내가 뭐랬어!"

행　동

머리를 쭉 뽑아 올리거나 비스듬히 기울이고 있다.

한번 해보자는 것처럼 공격적으로 상체를 앞으로 기울인다.

발뒤축에 무게중심을 싣고 다닌다.

거드름을 피운다.

우쭐댄다.

개인적인 공간에 함부로 침범한다.

다른 사람이 자리를 파하기도 먼저 일어나 나가버린다.

의도적으로 다리를 꼬고 앉거나 손을 맞잡는다.

누군가의 어깨를 탁 치면서 가까운 사이라는 것을 과장한다.

몸 가 짐

앞으로 내민 가슴.

자기 분수나 알라는 듯이 사람을 공격적이고 악의적으로 대한다.

우월감으로 충만한 눈길.

당당한 몸가짐, 딱 벌어진 어깨, 훤히 드러낸 목선.

이목을 모으고자 활력 넘치는 몸놀림을 과시한다.

다른 사람을 굽어보려 한다.

남에게 군림하려는 듯한 거동.

시건방져 보이는 웃음.

외모에서도 돋보이고 싶어 한다.

옷치장에 법석을 떤다.

오랫동안 거울 앞에서 자신의 모습을 점검한다.

번쩍거리거나 과장된 옷차림.

뭔가 골똘히 생각하는 시늉을 한다.

깊은 사색에 잠긴 양 한 손으로 턱을 괸다.

의자에 앉기만 하면 까라진 자세를 취한다.

늘 남의 이목을 의식하는 듯한 몸놀림.

생체 반응 INTERNAL SENSATIONS

몸 전체에 온기가 돈다.

자기가 제일 잘났다는 기분.

심리 반응 MENTAL RESPONSES

자신의 올바름과 우월감을 확신한다.

무능력한 사람을 냉대한다.

자기 과신.

무능력자를 마음껏 조롱해 자신의 성취를 과시하고 싶은 욕구.

다른 인간들보다 잘났다는 사실에 감사.

실패한 인간들은 응분의 책임을 져야 한다는 믿음.

이런 상태가 장기간 지속할 때 나타나는 징후

자신의 외모와 소유 자산을 뿌듯해하는 자부심이 극에 달한다.

매사에 마치 연예인이라도 된 것처럼 신중한 척한다.

예전 실수를 자꾸만 들먹여 상대방의 비위를 긁는다.

자신의 성공 요인을 되돌아보는 데 많은 시간을 할애한다.

자신의 힘을 과시하는 듯한 너그러움을 베푼다(자선 활동 등).
자신은 법 위에 서 있는 존재라는 듯이 군다.

앞으로 심화할지도 모를 감정 단계 : 경멸(48), 멸시(104)

이런 상태가 억압당할 때 나타나는 징후
제 몫을 훌륭히 수행해낸 사람에게 감사 표시를 하려 한다.
운만 좋은 것이 아니라는 말을 자주 들먹인다.
"내가 한 대로만 해봐. 그러면 당신도 성공할 거야."

Writer's Tip

인물의 느낌을 묘사할 때, '~라고 느꼈다'라는 표현은 절대 금물이다. 이 술어는 감정을 설명하고 있을 뿐 보여주는 것과 거리가 멀다. 이 상태를 보여줄 수 있는 최적의 묘사 방법을 찾아보고 여러분 나름의 문체에 도전해보자.

48 자부심을 느끼다 고양되다

PRIDE

어떤 일에서 괄목할 만한 성공을 이뤘을 때 느끼는 만족감.

몸 짓 PHYSICAL SIGNALS

얼 굴

의기양양하게 치켜든 턱.
눈빛이 밝게 반짝거린다.
다 안다는 듯한 함박웃음.
상대방의 반응을 알아보고자 빤히 들여다본다.
직접적이거나 강렬한 눈 맞춤.
만족스러워하는 미소.
깊이 숨을 들이마신다.
호탕한 너털웃음.
하얗게 드러나는 치아.

손 짓

팔을 겨드랑이에 낀 자세로 엄지손가락을 치켜든다.
이마가 훤히 드러나도록 앞머리를 쓸어올린다.
손깍지를 끼고 지그시 힘을 준다.

목소리

수다스러워진다.
여기까지 올라오는 동안 굴곡이 많았다고 사연을 늘어놓는다.
친구들에게 자신의 성취를 자랑스레 떠벌린다.

대화를 주도하려 한다.
강조해야겠다 싶은 대목이 나오면 언성을 높인다.
목소리에 힘이 들어간다.
평소보다 발음이 분명해진다.

행 동

다리를 넓게 짚고 서서 곧은 자세를 유지한다.
엄지손가락으로 허리춤을 짚고 골반을 쭉 내민 자세로 선다.
거울을 자주 본다.
섹시한 포즈를 지어 보인다.
말을 앞세우고 생각은 나중에 한다.

몸 가 짐

쫙 편 어깨.
앞으로 쭉 내민 가슴.
완벽주의 성향.
어금니를 꽉 다문다.
자기 말에 귀 기울이려는 사람이 몰려오면 더욱 활기를 띤다.
뭔가를 내밀히 공유하고 싶어 하는 함박웃음.
어떤 행사나 토론의 자리가 벌어지면 한가운데로 치고 들어간다.
거짓된 겸양.
자부심에 흠집을 낼 만한 요소들은 모른 척하거나 못 본 체한다.
자신의 외모를 가꾸는 데 관심이 많다.
자신의 가장 뛰어난 특성으로 사람의 이목을 모으려 한다.
다른 사람이 어떻게 여기든 개의치 않겠다는 것처럼 보인다.

생체 반응 INTERNAL SENSATIONS

키가 자라거나 자신이 커지고 강건해진 느낌.

세상을 품에 안은 듯이 부드러운 호흡.

심리 반응 MENTAL RESPONSES

스스로 긍정적인 사고.

자신의 성취나 성공에 집착.

세계를 정복할 수 있을 것만 같은 느낌.

자신을 사랑하고 성원하는 사람으로 둘러싸이고 싶어 한다.

다른 사람과 성과를 공유하고 싶다는 욕망.

개인적인 잣대에 따라 사람을 재단하는 경향.

자신의 능력을 과대평가한다.

다른 사람을 평가절하.

선민의식.

특권을 추구한다.

이런 상태가 장기간 지속할 때 나타나는 징후

다른 사람이 잘 해내지 못하면 쾌감을 느낀다.

늘 자기의 장점을 떠벌린다.

강박적으로 자신이 이룬 성취나 경제적 성공을 이야기하려 든다.

자신의 명성이 의심받으면 불같이 화를 내거나 질투한다.

미래의 목표 지점을 확고하게 단언하거나 성취를 장담한다.

자신이 성취를 이룬 장소를 다시 찾거나 관련 자료를 뒤적거린다.

앞으로 심화할지도 모를 감정 단계 : 교만(216), 경멸(48), 자신감(224)

이런 상태가 억압당할 때 나타나는 징후

 칭찬에 인색해진다.

 다른 누군가에게 신뢰를 보낸다.

 자기 자신에서 다른 쪽으로 주의를 돌린다.

 다른 사람의 의견을 구해 반드시 확인 절차를 거친다.

Writer's Tip

등장인물 각각의 감정 수위를 헤아려보도록 하자. 어떤 등장인물이 극렬한 상황을 겪게 되면 호흡 과다 증후군이 유발될 수도 있다. 그런데 같은 경우, 다른 인물은 앉아 있는 동안 살짝 자세를 바꾸는 데 그칠 수도 있다. 등장인물을 어떻게 표현해야 할지 파악하려면 감정 전달과 맞닿아 있는 몸의 신호를 찾아내는 게 요긴하다.

49 자신감을 보이다 신뢰하다

CONFIDENCE

자신의 영향력이나 능력을 굳건하게 믿는 상태.

몸 짓 PHYSICAL SIGNALS

얼 굴

내면의 빛을 발산하듯 환한 눈망울의 광채.

여유로운 미소.

장난기 그득한 함박웃음.

누군가에 가벼운 고갯짓과 함께 살짝 윙크를 해 보인다.

다른 사람의 눈을 똑바로 응시한다.

호쾌한 너털웃음.

머리를 뒤쪽으로 살짝 젖히고 앉는다.

손 짓

손가락 장난.

뭔가를 톡톡 두드리거나 뾰족하게 세워본다.

양쪽 주머니에 두 손을 찔러 넣고 걷는다.

악수할 때는 강하게.

뒷짐 자세.

자신의 머릿결을 쓸어 넘기거나 뒷머리를 매만진다.

손가락으로 북을 치듯 리듬에 맞춰 두드린다.

목 소 리

활달하고 거침없는 의사 표현.

재치 있는 논평을 자주 날린다.

시시덕거리기.

농담을 즐기고 좌중의 화제를 이끌어가려 한다.

대화를 나눌 때는 상대방 쪽으로 상체를 기울인다.

가볍게 짓궂은 장난기 표출.

콧노래를 흥얼거린다.

행 동

쫙 편 어깨, 앞으로 내민 가슴, 높이 치켜든 턱.

보폭이 큰 걸음걸이.

어떤 장소를 널찍하게 차지하려 한다.

다리를 넓게 벌리고 앉거나 양옆으로 팔을 쫙 편다.

팔을 휘휘 저어가며 걷는다.

앉아서 상체를 뒤로 젖히고 두 손을 목 뒤로 넘겨 깍지를 낀다.

전반적으로 느긋한 거동.

몸 가 짐

개인위생이 철저하다.

깔끔한 몸치장.

여유만만해 보이는 외양.

사람에게 쉽게 다가간다.

어디서나 가운데 자리를 고른다.

사람의 주의를 끌고자 과장된 동작을 즐겨 취한다.

다 알지 않느냐는 듯 어깨를 으쓱하거나 환한 웃음을 던진다.

다른 사람과 근접한 거리에 자리하는 것을 편히 여긴다.

다른 사람에게 먼저 연락을 한다.

행사를 주도한다.

적극 나서서 사람을 규합한다.

열려 있는 태도로 사람을 대한다.

다른 사람의 눈을 많이 신경 쓴다.

다른 사람과의 신체 접촉에 별로 개의치 않는다.

자신감 있는 포즈를 궁리하고 결정한다.

산뜻해 보이거나 인상적으로 눈에 띄는 옷차림을 한다.

따라가느니 앞장선다.

생체 반응 INTERNAL SENSATIONS

근육 이완.

편한 호흡.

쫙 벌어진 가슴.

심리 반응 MENTAL RESPONSES

안정되고 편한 기분.

긍정적인 사고.

모든 일에 흥미를 보인다.

이런 상태가 장기간 지속할 때 나타나는 징후

아무 거리낌 없이 사회적 규범에 어긋나는 언행을 보인다.

강박적으로 돈과 성공을 화제에 올린다.

자신의 평판이 의심받으면 불같이 화를 낸다.

떠벌리고 과시하려는 성향이 심해진다.

앞으로 심화할지도 모를 감정 단계 : 자기만족(100), 잘난 체(216), 무시(48)

이런 상태가 억압당할 때 나타나는 징후

칭찬을 아낀다.

겸양.

관심의 초점이 다른 이에게 모아지면 화제를 바꾸려 든다.

다른 사람의 성공을 부러워하며 자신을 비하한다.

의견이나 조언을 구하고 돌아다닌다.

Writer's Tip

다른 사람이 앞에 있을 때 자신의 진솔한 감정선을 억제하거나 감추려 드는 것은 퍽 자연스러운 노릇이다. 갈등에 휩싸인 주인공이라면, 작중의 여타 인물에게 주인공이 전하고 싶어 하는 감정을 드러내면서 동시에 독자에게 그의 숨겨진 진솔한 느낌을 전달하는 것이 꽤 중요한 일이다.

50 자신이 없다 불안정하다

INSECURITY

스스로 확신하지 못하는 느낌 또는 자신감이 턱없이 부족한 상태.

몸 짓 PHYSICAL SIGNALS

얼 굴

자조적인 웃음.
눈 맞춤을 피하면서 어깨를 으쓱해 보인다.
호흡을 고르게 하려고 신경 쓴다.
눈에 띌 정도로 얼굴이 붉어진다.
아랫입술을 혀로 핥거나 깨문다.
시선을 내리깔고 다닌다.
미소 짓지 않거나 설령 짓는다 해도 이내 거둬들인다.
입술을 문지른다.
화장을 너무 짙게 한다.

손 짓

옷을 부드럽게 쓸어내린다.
손을 주머니에 찔러 넣는다.
자신의 머릿결을 어루만지거나 쓰다듬는다.
손으로 팔꿈치를 받친다.
팔목을 비튼다.
앞이마를 자주 문지른다.
말하는 동안 손으로 입을 가린다.

목 소 리

목청을 가다듬는다.
누군가에게 조언이나 지시를 부탁한다.
시도 때도 없이 크게 너털웃음을 터뜨린다.
의사 표현이나 의견 제시 등을 꺼린다.

행　동

안절부절못한다.
가슴에 소지품을 꼭 품는다(책, 바인더, 지갑 등).
손톱을 씹거나 옷에 묻은 보풀을 입에 넣는다.
멀찍이 떨어져 앉는다.

몸 가 짐

옷 따위로 몸을 감싸려 한다.
서투르게 다른 사람의 행동을 따라 한다.
정말 확실한지 계속 확인하려 든다.
다른 사람의 칭찬을 무시하고 자기 자신을 비하한다.
구석 자리만 찾아다니며 내내 거기에 머무르려 한다.
현저하게 근육이 긴장되어 있다.
매사에 다급하게 서두른다.
불편한 순간에는 땀을 엄청나게 많이 쏟는다.

생체 반응 INTERNAL SENSATIONS

누군가와 마주할 때면 심장 박동이 빨라진다.
위가 꼬이는 것 같다.
자기도 모르는 사이 몸에 붉은 열꽃이 피어오른다.
불편하다 싶으면 목구멍이 타들어간다.

심리 반응 MENTAL RESPONSES

결정을 내리기가 어렵다.

문제를 처리하거나 뭔가를 선택할 때 생각이 너무 많아진다.

자신의 결함이나 약점을 두고두고 곱씹는다.

다른 사람의 행동을 주의 깊게 살핀다.

오로지 대면을 피하려는 목적에서 동의해주는 척한다.

다른 사람의 재능이나 강점 등에 집착한다.

다른 사람과 비교하면서 자기에게 없는 것만 떠올린다.

이런 상태가 장기간 지속할 때 나타나는 징후

안정감을 줄 듯한 물건들에 집착한다.

등이 구부정해진다.

누군가에게 어떤 말을 들으면 얼굴이 붉게 달아오른다.

사회적 관계를 피한다.

사람과 같이 있는 동안 잔뜩 주눅이 든 것처럼 군다.

곤혹스러운 상황이 발생하면 공황 발작 증세를 보인다.

어떤 일을 처리할 때는 혼자 하는 것을 더 편히 여긴다.

눈에 띄지 않도록 무난한 옷만 골라 입는다.

친구를 사귀지 못한다.

행사에 가면 구석에 멀찍이 떨어져 앉는다.

직접 만나는 것보다 온라인에서의 소통을 더 좋아한다.

앞으로 심화할지도 모를 감정 단계 : 불안(244), 대인기피증(44), 당황(92), 걱정(36), 편집증(284)

이런 상태가 억압당할 때 나타나는 징후

머리를 마구 헝클어뜨린다.

가슴을 앞으로 쭉 내민다.

어깨를 당당히 펴는 등 곧은 자세를 유지하려 한다.

억지로라도 다른 사람과 눈 맞춤을 한다.

질문 거리나 관심사의 방향을 바꾼다.

자신의 단호함을 입증해 보이고자 신속하게 결정을 내린다.

자신감이 넘쳐 보이는 사람을 따라 한다.

위험을 무릅쓴다.

일부러 다른 사람과의 대화에 자주 끼어든다.

Writer's Tip

장면은 절대 이야기의 전후 사정과 외떨어진 진공 상태에서 펼쳐질 수 없다. 장면에는 늘 시간의 흐름을 암시하는 구체적 단서나 공간적 배경 등이 포함되어야한다는 것을 잊지 말 것.

51 자포자기 절박하다

DESPERATION

무모한 처신으로 말미암아 희망이 모두 사라진 상태.

몸 짓 PHYSICAL SIGNALS

얼 굴

원망으로 활활 타오르는 눈망울.
어딘가에 고정된 시선.
고통스러운 응시.
촉촉이 젖어 있는 눈가.
아랫입술을 지그시 깨문다.

손 짓

손가락을 자꾸 꼰다.
머리채를 한 움큼 잡아당긴다.
손을 머리 뒤로 돌려 깍지를 낀다.
손목을 비튼다.
뺨 위로 손톱을 긁어내린다.
팔다리가 간헐적으로 저려온다.
퍼덕거리는 손놀림.

목 소 리

수심 어린 혼잣말.
입 밖으로 말이 튀어나오지 않는다.
심하게 떨리는 목소리.

기어들어가는 목소리.

행 동

지그재그로 걷기.
다급한 걸음걸이.
한 장소에서 서성거린다.
땀을 비 오듯 흘린다.
부정의 몸짓으로 머리를 강하게 가로젓는다.
자신의 양팔로 어깨를 감싸 안기도 하고 턱을 괴기도 한다.

몸 가 짐

바삐 서두르는 움직임.
불면증 또는 식욕 부진.
도움을 얻고자 여기저기 알아보고 접촉을 시도한다.
앞에 닥쳐 있는 위험성을 직시.
인내할 수 있는 한계를 뛰어넘고야 말겠다는 식으로 행동.
투덜거림.
협상 시도.
흔들림, 떨림.
뻣뻣해진 목, 근육이 잔뜩 뭉쳐 있는 팔뚝.
잔뜩 굽은 어깨와 척추.
방어적인 몸가짐.
가슴에 턱을 파묻는다.
팔로 몸을 두른다.

생체 반응 INTERNAL SENSATIONS

격해지는 심장 박동.
바짝 타들어가는 입.
울부짖고 애원하는 바람에 쉬어버린 목청.

통증이 더욱 심해진다.

가슴이 먹먹해진다.

과도하게 넘쳐나거나 병적인 에너지.

심리 반응 MENTAL RESPONSES

쉬지 않고 이런저런 계획에 몰두하고 집착한다.

상식에 어긋난 사고 과정, 빈약해진 판단력.

무슨 일이든 해야겠다는 각오.

법 또는 사회적 관습의 무시도 불사.

윤리적 가치관과 건전한 재단의 기준 외면.

필요하다면 다른 사람을 희생시킬 수 있다는 다짐.

목표와 욕구도 얼마든지 하향 조정할 수 있다는 의지.

다른 사람과의 갈등도 불사하겠다는 태도.

이런 상태가 장기간 지속할 때 나타나는 징후

흐느껴 울거나 통절하게 오열한다.

비명을 내지른다.

주먹을 휘두르고 싶어 한다.

무릎을 꿇는다.

저자세로 변해 애원한다.

자기 자신의 가치와 자존심을 비하한다.

엄청난 위험부담을 기꺼이 감수한다.

"대신 나를 써줘."

"내가 갈 테니 넌 여기 있어."

자신의 한계 이상으로 무리해가며 밀어붙인다.

누구의 말에도 수긍하려 들지 않는다.

**앞으로 심화할지도 모를 감정 단계 : 극심한 공포(72), 전율(96), 분노(132),
무지막지한 투지(276)**

이런 상태가 억압당할 때 나타나는 징후

　　자기 억제.

　　희망을 줄 수 있다면 거짓말이라도 믿고 싶어 한다.

　　내면에 틀어박혀 외부 세계와의 상호작용을 차단.

　　한 군데 진득이 머물러 있질 못한다.

　　계속 시계를 바라본다.

　　다른 사람을 안심시키려 든다.

　　타인의 시선을 의식해 두발 상태와 의상에 신경 쓴다.

　　게임이나 TV 등에 몰두한다.

　　주먹을 꽉 쥐고 수시로 손목을 비틀어본다.

Writer's Tip

의상 선택은 등장인물에 따라 개별적으로 이뤄져야 한다. 그것으로 한 사람의 기질이나 품성을 겉으로 드러낼 수 있다. 감정을 전해줄 몸짓 언어를 독창적으로 창출하고자 할 때는 등장인물의 의상이 어떻게 활용될지 헤아려보는 게 좋다. 불안감이나 허영심이 드러나 보일 수도 있을 뿐 아니라 작품에서의 존재감 등도 나타낼 수 있다.

52 재미있다 유쾌하다

AMUSEMENT

웃음을 불러일으키는 상태. 상대방에게 즐거움을 주는 상태.

몸 짓 PHYSICAL SIGNALS

얼 굴

얼굴이 갑자기 밝아진다.

눈썹을 추켜세우거나 씰룩거린다.

빙그레 미소 짓거나 키득거린다.

다른 사람과 눈빛을 교환해 공감하고자 한다.

장난기 있는 표정을 짓는다.

히죽거리거나 어리벙벙한 표정을 짓는다.

웃다가 지쳐 눈물까지 찔끔거린다.

너무 웃어 얼굴이 발갛게 달아오른다.

콧물을 훌쩍거린다.

깔깔댄다.

파안대소.

함박웃음.

너털웃음.

손 짓

손바닥으로 무릎이나 넓적다리를 때린다.

옆구리를 움켜쥔다.

웃음으로 몸이 달아올라 옷의 단추를 푼다.

손뼉을 치며 발을 구른다.
옆 사람과 하이파이브를 나눈다.

목 소 리

목소리가 고조된다.
재치 있게 부연 설명하려고 한다.
웃긴 지점을 자꾸 말로 반복한다.
목에서 "꺼, 끄윽"과 같은 이상한 소리가 난다.

행   동

몸을 가누고자 옆 사람에게 의지한다.
거칠게 숨을 몰아쉰다.
옆에 있는 누군가와 어깨동무를 하거나 가볍게 친다.
입의 음식물을 내뿜는다.
바닥에 쓰러져 데굴데굴 구른다.
몸을 지탱하려고 의자나 벽에 기댄다.

몸 가 짐

장난스럽게 비꼬거나 핀잔을 준다.
바닥에 발을 구른다.
몸을 똑바로 가누지 못한다.
주의력과 집중력이 떨어진다.
더 큰 웃음거리를 찾는다.

생체 반응 INTERNAL SENSATIONS

갈비뼈나 배가 아프다.
호흡이 거칠어진다.
눈에 핏줄이 선다.
팔다리가 흐느적거린다.
무릎에 힘이 빠진다.

심리 반응 MENTAL RESPONSES

일단 앉을 자리를 찾는다.

다른 사람과 즐거움을 나누고 싶은 욕구를 느낀다.

걱정거리가 일순간 사라진다.

이런 상태가 장기간 지속할 때 나타나는 징후

시시때때로 걷잡을 수 없이 터져 나오는 웃음.

참을수록 참기 어려운 웃음보.

몸이 떨린다.

머리가 심하게 흔들거린다.

몸을 통제하지 못한다.

힘이 빠져 똑바로 서 있기 어려워진다.

웃음을 멈추게 해달라고 애원한다.

말에 조리가 없어진다.

눈에 자꾸 눈물이 고인다.

얼빠진 사람처럼 보인다.

자주 오줌이 마려운 듯한 느낌.

장소를 옮기고 싶다는 생각.

앞으로 심화할지도 모를 감정 단계 : 행복감(292), 만족감(100)

이런 상태가 억압당할 때 나타나는 징후

입을 꾹 다문다.

'이제 그만'이라고 외치는 것처럼 한 손을 들어 올린다.

머리를 좌우로 뒤흔든다.

웃음을 삼킨다.

입술을 자주 훔친다.

배시시 새어 나오는 미소를 손으로 가린다.

얼굴이 달아오른다.

마음을 가라앉히고자 자주 뒤돌아선다.

애써 웃음 조절한다.

웃음을 참으려고 어금니를 꽉 깨문다.

53 조급하다
안달 나다

IMPATIENCE

여유가 없이 당장 뭔가를 이루거나 하고 싶은 욕심에 발을 동동 구르는 상태.

몸 짓 PHYSICAL SIGNALS

얼 굴

눈썹을 추켜세운다.

노려본다.

머리를 뒤로 젖혀 위를 올려다본다.

입술을 오므린다.

눈을 가늘게 뜨고 뭔가를 강렬하게 응시한다.

눈살을 찌푸린다.

콧잔등을 꼬집고 눈자위를 쿡쿡 누른다.

문을 뚫어져라 쳐다본다.

턱을 목에 파묻고 이를 악문다.

씩씩거리는 숨결을 가라앉히려 하지 않는다.

손 짓

손을 맞대고 비빈다.

커프스 단추나 장신구를 만지작거린다.

탁자에 대고 손톱을 톡톡 두드린다.

몹시 지쳤다는 듯 관자놀이를 주무른다.

주위의 물건들을 노리개 삼는다.

컵을 빙글빙글 돌린다.

서류 집게를 망가뜨린다.
반복해서 손으로 머릿결을 쓸어 넘긴다.

목 소 리

중간에 말을 뚝 그치더니 이번에는 다른 사람과 이야기한다.
다른 사람이 말하는 동안 입술을 굳게 다문다.
날카로운 어투.
"이 친구 어디 있는 거야?"
"정말 오래도 걸리는구먼!"
씩씩거리며 투덜거린다.
뭐라고 혼자 웅얼거리면서 고개를 가로젓는다.
은근히 짜증을 내거나 이죽거린다.

행 동

양손을 엉덩이에 가져다 댄다.
팔짱을 낀다.
서 있거나 경직된 자세로 앉아 있다.
발을 동동 구른다.
시계를 계속 쳐다본다.
조급한 걸음걸이.
이리저리 서성대며 어찌할 바를 몰라 한다.
밥상 앞에 앉지만 정작 음식은 입에도 대지 않는다.
정신 사납게 군다.
자꾸 앉았다 일어섰다를 반복한다.
이 의자에 앉았다가 저 의자로 바꾼다.
머리를 천장 쪽으로 잔뜩 젖히고는 크게 한숨을 내쉰다.
다리를 꼬았다 풀었다 한다.

몸 가 짐

굳은 턱선, 돌출된 아래턱뼈.

경련 발작이 엄습할까 봐 불안해한다.

호흡이 거칠어진다.

연필을 부러뜨린다.

소리나 움직임에 주의를 곤두세운다.

징징거리면서 보채거나 입술을 삐죽거린다.

얼굴과 목 그리고 어깨 등에 잔뜩 힘이 들어가 있다.

사람을 거칠게 밀치며 걷는다.

생체 반응 INTERNAL SENSATIONS

호흡이 점점 더 거칠어지고 가빠온다.

체온 상승.

몸이 탈진한 것 같거나 한계에 다다랐다는 기분이 든다.

두통.

심리 반응 MENTAL RESPONSES

시간 낭비에 엄한 태도를 보인다.

시간이 빨리 흘러갔으면 좋겠다고 생각한다.

더욱 신속하고 효율적인 일 처리에 매달린다.

한눈을 팔기도 한다.

불의의 사고를 미리 방지할 수 있도록 정신 무장을 강조한다.

이런 상태가 장기간 지속할 때 나타나는 징후

탁자에 대고 손을 두드린다.

다른 사람에게 고함을 지른다.

사람과의 관계가 단절된다.

프로젝트나 업무 등을 가로챈다.

말하는 사람에게 사설 빼고 요점만 제시하라고 다그친다.

일이 더욱 원활히 돌아가도록 초점의 방향을 재설정한다.

마감 시간을 정해놓는다.

남들을 독촉하고 압박한다.

몸싸움을 자주 한다.

밀치고 들어간다.

앞으로 심화할지도 모를 감정 단계 : 짜증(172), 좌절감(248), 분노(132), 환멸(104)

이런 상태가 억압당할 때 나타나는 징후

얼어붙은 미소.

업무 중독.

늘 일에 쫓겨 다닌다.

분위기를 바꾸고자 여가 활동을 시도한다.

전화기와 메일을 확인하고 또 확인한다.

외양에 신경을 많이 쓴다.

옷에 묻은 보풀들을 꼼꼼히 쓸어낸다.

손톱 길이가 어떤지 유심히 본다.

Writer's Tip

독자가 창작 과정을 엿볼 수 있으면 절대 안 된다. 따라서 은유, 직유, 서술적인 문장의 과용을 조심할 것. 그리고 빤한 몸짓 언어의 반복은 독자의 관심을 이야기 바깥으로 끌어낼 수도 있으니 이 점에도 유의할 것.

54 좌불안석
걱정스럽다

UNEASE

몸이나 마음이 안절부절못하는 상태.

몸 짓 PHYSICAL SIGNALS

얼 굴

고개를 가로젓는다.

이쪽저쪽으로 곁눈질한다.

입술을 일자로 오므리고 아랫입술을 잘근잘근 깨문다.

엄청나게 침을 자주 삼킨다.

부자연스러워 보일 정도로 입을 다물고만 있다.

입술을 핥는다.

눈살을 찌푸린다.

자꾸만 입술에 립스틱을 바른다.

손 짓

옷자락을 비비 꼬거나 잡아당긴다.

손을 주머니에 쑤셔 넣는다.

자신의 앞머리를 쓸어내린다.

장신구나 소품 따위를 만지작거린다.

주먹을 말아쥐었다가도 이내 푼다.

땀으로 흥건해진 손바닥.

목 소 리

혀를 끌끌 거리거나 목울대에서 이상한 소리를 낸다.
목소리가 떨린다.
목청을 가다듬는다.
갑작스럽게 대화를 중단한다.
한숨을 내쉴 때마다 콧노래를 흥얼거린다.

행 동

지갑을 뒤적거린다.
팔 또는 다리를 꼬았다 풀었다 한다.
의자를 옮긴다.
손톱을 씹거나 각질을 벗겨 낸다.
옷깃을 바짝 저미며 재킷의 지퍼를 올려 입는다.
머리를 헝클어뜨리거나 손가락으로 두피를 긁적거린다.
빨리 자리에서 벗어나려고 입에다 음식을 급히 처넣는다.
잡지를 펼쳐놓지만 읽지는 않고 그저 뒤적거리기만 한다.
소파나 의자에 축 처진 자세로 앉는다.
뒤축을 바닥에 구른다.
가방 등을 방패 삼아 가슴에 감싸 안는다.
심하게 다리를 떤다.

몸 가 짐

손톱 따위에 집착한다.
신경질적인 습관.
멈추지 않고 계속되는 동작들.
문제의 대상에게서 몸을 뒤로 뺀다.
뒤쪽으로 물러나며 되도록 자기 모습을 작게 보이려 한다.
소리에 민감해져 갑자기 하던 일을 멈춘다.
음식에 까다롭게 군다.
되도록 다른 사람의 눈에 띄지 않으려고 한다.

의자에 털썩 주저앉는다.

대화에서 빠지려 한다.

느리게, 마지못해서 사람 쪽으로 몸을 돌린다.

마지못한 듯 입을 열거나 다른 사람에게 다가간다.

휴대폰에 문자메시지가 왔는지 수시로 확인하거나 시간을 본다.

누군가를 기다릴 때는 어느 장소가 안전할지부터 고려한다.

의식적으로 자신의 팔다리를 풀어주려고 한다.

생체 반응 INTERNAL SENSATIONS

가벼운 오한과 전율.

목덜미 위로 돋아난 소름.

두피 가려움증.

위장 경련.

심리 반응 MENTAL RESPONSES

누군가가 자기를 감시하고 있는 것만 같은 기분.

"잘못된 건 전혀 없어."

"네가 지금 과민반응을 보이는 거야."

현재 상황을 부정한다.

감정이 격양되어 벼랑 끝에 몰린 듯한 위기감에 시달린다.

시간이 너무 느리게 흘러가는 것만 같다.

극도로 주변 상황에 촉각을 곤두세운다.

이런 상태가 장기간 지속할 때 나타나는 징후

한순간도 잠자코 있질 못하고 부산스럽게 계속 움직인다.

다급한 걸음걸이.

틀림없이 뭔가가 잘못되었다고 확신한다.

떠나고 싶다. 하지만 그 이유가 뭔지는 잘 모르겠다.

갈피를 못 잡고 흔들린다.

신체적으로 어딘가 아픈 것 같다.

불편한 상황은 애써 외면하려 한다.

앞으로 심화할지도 모를 감정 단계 : 신경과민(156), 걱정(36), 공포감(68)

이런 상태가 억압당할 때 나타나는 징후

자신의 호흡을 느리게 조절하려고 노력한다.

어깨를 풀어주면서 마음가짐을 느슨히 해보려고 시도한다.

정신적인 안정을 회복하려고 애쓰는 동안에는 시선이 멍해진다.

평정을 찾으려는 노력의 하나로 사람을 멀리해본다.

눈을 크게 뜬다.

짓다 마는 거짓 미소.

의도적으로 문제의 근원으로 눈길이 향하지 않도록 조심한다.

그 무엇과도 일정한 거리를 유지하려 한다.

말투가 너무 빠르다.

Writer's Tip

감정 표현과 관련해 독자의 반응을 더욱 강력하게 이끌어내려면 잊지 말고 주인공의 느낌을 자극하는 게 무엇인지 구체적으로 보여주는 데 초점을 맞춰야 한다. 단순히 등장인물의 반응만 드러내는 데 그쳐서는 곤란하다.

55 좌절하다 방해받다

FRUSTRATION

문제가 해결되지 않고 욕구가 충족되지 않은 상태. 저지당한 느낌.

몸 짓 PHYSICAL SIGNALS

얼 굴

입술을 짓씹는다.
고개를 가로젓는다.
턱을 당겨 수그린다.
숨을 크게 마시고 말하기 전에 일단 큰 숨부터 내쉰다.
이를 간다.
눈을 가늘게 뜬다.
초췌하고 잔뜩 긴장한 표정.
얼굴을 잔뜩 찡그렸다가 풀기를 반복하며 평정심을 찾고자 한다.
턱을 높이 치켜든다.
무거운 한숨.

손 짓

손을 등 뒤로 돌려 손목을 비튼다.
검지로 꼭 짚어 가리킨다.
머릿결을 쓸어 넘긴다.
주먹을 꽉 쥔다. 손톱으로 손바닥을 긁는다.
한 손으로 얼굴을 문지른다.
주먹으로 탁자 끝을 내리친다.

행 동

말투가 다급하다.

욕을 주절거린다.

자신을 억제하려는 것처럼 말을 이 사이로 내뱉는다.

욕설을 내뱉는다.

"포기했어."

딱딱한 의사 표현.

억제된 목소리.

과장해서 끙끙거린다.

못 견디겠다는 듯 코웃음 치며 조롱한다.

행 동

목덜미를 긁적거리거나 문지른다.

행동이 조급하고 변덕스럽다.

손짓 발짓을 써가며 이야기한다.

중간쯤 가다 갑자기 발길을 돌린다.

좁은 보폭으로 걸음을 서두른다.

문을 쾅 닫는다.

머리카락을 한 움큼 잡아 뜯으면서 하늘을 올려다본다.

팔을 양쪽으로 크게 벌리고 천천히 풀어준다.

탁자 모서리에 머리를 댄다.

몸 가 짐

욕설이나 인신 비방으로 다른 사람에게 상처를 주고자 한다.

생각 없이 불쑥 말해놓고 후회한다.

경직된 자세, 굳은 근육, 잔뜩 뭉쳐 있는 목.

매사에 어찌할 바를 몰라 한다.

가슴 위로 팔을 엇건다.

조급함 때문에 실수를 자주 저지른다.

커피를 쏟는다거나 물건을 깨뜨린다.

매사에 여유가 없고 안절부절못한다.

생체 반응 INTERNAL SENSATIONS

목구멍이 꽉 막힌 기분.

위장이 경화되어가는 느낌.

흉부 압박감.

혈압 상승.

두통 또는 턱의 통증.

심리 반응 MENTAL RESPONSES

문제 해결에만 극도의 주의력을 기울인다.

어떤 장면이나 상황을 반복해서 떠올리며 그 일에 집착한다.

마음을 가라앉히고자 혼잣말을 웅얼거린다.

빤한 질문으로 낡은 정보를 계속 우려먹고 싶어 하는 욕구.

관계를 깨기 전 자신의 감정을 다스리려 한다.

이런 상태가 장기간 지속할 때 나타나는 징후

고함을 내지르거나 울부짖고 원성을 쏟아낸다.

흐느껴 운다.

"제발 그만 좀 해!"

방 바깥으로 뛰쳐나간다.

불면에 시달리거나 좀처럼 심신을 가라앉히지 못한다.

땀을 엄청나게 많이 흘린다.

쓸데없이 일에 힘을 많이 소모한다.

발을 쾅쾅 구르며 걷는다.

물건을 놓을 때 내팽개친다.

폭력적인 성향을 드러낸다.

발로 차고 멱살을 움켜잡고 다른 사람의 몸을 흔든다.

새로 산 물건을 상자에서 꺼내자마자 박살 낸다.

짜증을 낸다.

소리를 지른다.

바닥에 데굴데굴 구른다.

앞으로 심화할지도 모를 감정 단계 : 환멸(48), 분노(132), 안달복달(240)

이런 상태가 억압당할 때 나타나는 징후

이를 박박 간다.

눈물을 훔치고 자기가 울었다는 사실을 감춘다.

침묵 또는 최소한의 응답.

잠시 눈을 감는다.

심호흡한다.

마치 어떤 감정을 씻어내듯 손으로 얼굴을 쓸어내린다.

자기 정당화로 문제를 회피하려 한다.

자주 어깨를 풀어주는 것으로 긴장감을 없애고자 한다.

Writer's Tip

독자가 장면에 더욱 몰입하도록 하려면 등장인물의 직관을 활용해보도록 하자. 등장인물의 직관이 명료하게 암시되면, 독자의 직감도 그에 따라 활발해지면서 더 큰 주의를 기울이게 될 것이다. 등장인물의 직관이 독자에게 섬광을 터뜨리는 순간은 나중에 어떤 사건 상황이 암시와 주도면밀하게 결부될 때이다.

56 죄책감에 빠지다 자책하다

GUILT

잘못한 일로 크게 낙담하고 실망하며 자책하는 상태.

몸 짓 PHYSICAL SIGNALS

얼 굴

시선을 피하거나 내리깐다.
깊이 턱을 파묻고 늘어진 자세를 자주 취한다.
침을 반복해서 삼킨다.
얼굴을 찡그린다.
입술을 잘근잘근 깨문다.
턱이 덜덜 떨린다.
얼굴을 붉힌다.

손 짓

콧잔등이나 귓불을 문지른다.
어깨를 세우고 팔꿈치를 옆구리에 낀다.
주머니 속에 찔러 넣은 손을 말아쥐거나 비튼다.
손을 배에 대고 살살 문지른다.
손바닥을 감춘다.
손을 호주머니에 찔러 넣거나 뒷짐을 진다.

목 소 리

말을 너무 많이 하거나 너무 빨리한다.
말을 더듬고 점점 더 허둥지둥한다.

분위기를 가볍게 하려고 농담을 지껄인다.
다른 사람이 진실을 알지 못하도록 시끄럽게 방해한다.
어색해 보이는 태도로 침묵을 지킨다.
갈라진 목소리.

행 동

등지고 선다.
위장약을 복용한다.
자신의 소유물을 파괴한다.
종종거리며 바닥만 바라본다.
옷깃을 세운다.
심호흡한다.
고통스럽게 숨을 내뱉은 후 눈을 감는다.

몸 가 짐

반대되는 방향으로 뜻을 바꾼다.
매사에 자기방어적인 반응을 보인다.
성마른 기질.
땀을 삐질삐질 흘린다.
사람이나 어떤 장소에 가는 것을 피한다.
모든 것에 거리를 두려 한다.
자신의 머리나 옷을 매만지면서 마음을 편히 하려고 한다.
울먹이며 혼잣말을 주절거린다.
불안해 보이는 몸놀림.
손으로 머리를 긁적거린다.
조급하게 걷는다.
자신이 잘못을 저지른 사람에게 눈을 떼지 못한다.
모든 걸 다 털어놓자고 스스로 설득한다.
속죄의 몸짓으로 자신을 자꾸만 괴롭힌다.

모임이나 친구와의 관계를 유지하기 어려워진다.

어찌할 바 몰라 하거나 겁에 질린 안색.

직장이나 학교에도 나가지 않고 거기서 낙오되는 것을 감수한다.

생체 반응 INTERNAL SENSATIONS

아랫배가 뒤집히는 것 같다.

흉부 압박감.

목구멍 안쪽에서 통증이 느껴진다.

식욕 저하.

목구멍 안에 혹 같은 게 걸려 있는 기분.

심리 반응 MENTAL RESPONSES

일어난 일을 곱씹는다.

자기혐오에 시달린다.

시간을 되돌려 일어난 일을 변화시키고 싶다는 욕구.

이미 일어난 일을 반추하고 내부로 침잠한다.

사회적 관계가 단절된다.

모든 사람이 자신을 비웃는다고 생각한다.

다른 일에는 집중하기가 어려워진다.

이런 상태가 장기간 지속할 때 나타나는 징후

자신의 외관이나 옷차림을 가꾸는 데 관심이 없어진다.

다 잊어버리고 싶어 술에 의존한다.

불면증. 우울증. 탈진. 악몽. 약물 복용.

흐느껴 울고 숨쉬기가 곤란해진다.

어디론가 도망치고 싶어 한다.

점점 더 은둔적 성향이 강해진다.

다른 사람과의 관계 단절.

자해. 자기혐오.

탈출의 한 방식으로 자살 기도.

앞으로 심화할지도 모를 감정 단계 : 갈등(32), 후회(196), 자책감(120), 회한(316)

이런 상태가 억압당할 때 나타나는 징후

잘못을 만회한다는 뜻에서 열성적으로 누군가를 돕는다.

정서불안 상태로 안절부절못한다.

손으로 자신의 입을 가린다.

관심거리를 바꾸려 한다.

자기에게 이목이 쏠리는 것을 극구 회피하려 한다.

목청을 가다듬는다.

사건과 연루되었을 가능성을 일절 부인한다.

Writer's Tip

등장인물의 신상 명세를 따로 정리해두면, 여러분이 등장인물의 헤어스타일과 의상 선택, 눈빛 등을 처음부터 끝까지 일관성 있게 표현하는 데 큰 도움이 된다. 인물의 성별, 연령, 직업, 성격, 거주지, 취미, 정치적 성향, 가족관계에서부터 애완동물의 유무에 이르기까지 구체적일수록 좋다.

57 증오하다 저주하다

HATRED

뭔가에 큰 적개심을 품고 극도로 미워하거나 싫어하는 상태.

몸 짓 PHYSICAL SIGNALS

얼 굴

강렬하고 열띤 응시.
턱을 가슴에 파묻고 이를 부드득 간다.
경직되고 단호해 보이는 앞이마.
어금니를 악문다.
붉게 달아오른 얼굴과 목.
목에 힘줄이 잔뜩 불거져 있다.
얼굴이 무섭게 굳어 있어 금세라도 으르렁거릴 것만 같다.
콧구멍을 벌름거린다.
불만에 차서 삐죽거리거나 조소를 띠는 입가.

손 짓

부르르 떨리는 주먹.
손가락을 오므리고 손톱을 예리하게 가다듬는다.
뭔가를 움켜쥘 때 자기도 모르게 그것을 망가뜨리거나 깨뜨린다.
연필을 부러뜨린다.
옷이나 종이를 찢는다.

목 소 리

섬뜩하고 공격적이며 도발적인 언사들.
버럭버럭 고함을 질러대면서 욕설을 내뱉는다.

이를 갈며 말을 씹어뱉는다.
실제로 목울대에서 으르렁거리는 소리를 낸다.
악담과 욕설을 퍼붓는다.
준열한 어조.
떨리는 목소리.

행　동

사람을 밀치면서 거칠게 나아간다.
목을 조르거나 고통을 주려고 팔을 내뻗는다.
떠나지 못하도록 적의 팔을 확 비튼다.
경고를 보내는 의미에서 폭력적인 행동도 불사한다.
의자를 집어 던진다.
개인 기물을 파손한다.
적을 향하여 달려든다.

몸 가 짐

경직된 자세, 떡 벌어진 어깨, 휘청거리는 걸음걸이.
땀을 많이 흘린다.
육안에 들어올 정도로 혈관이 씰룩거린다.
다른 사람이 옆에 있으면 서둘러 자리를 피한다.
적과 마주치는 것을 피하려고 일정이나 장소를 변경한다.
용수철 끝에라도 매달린 듯 잔뜩 수축한 몸 상태.
누군가를 괴롭히는 데서 쾌감을 느낀다.
인터넷에 악성 댓글을 달아 사람을 낚으려 한다.
어떤 사람이나 그가 하려는 일에 심한 야유를 퍼붓는다.
분노의 눈물.
적을 파멸시키거나 따돌릴 수 있도록 친구들을 이용한다.
적을 중상 비방한다.
누명을 뒤집어씌운다.
유언비어를 퍼뜨린다.

생체 반응 INTERNAL SENSATIONS

숨소리가 크고 가슴이 들썩거린다.

이를 꽉 물고 있거나 자꾸 가는 바람에 턱에 통증이 온다.

심장 박동이 격해진다.

두통.

체온 상승.

근육 수축으로 근육통을 앓는다.

으르렁거리는 이명 현상에 시달린다.

심리 반응 MENTAL RESPONSES

섣불리 다가갈 엄두도 못낼 만큼 어두운 분위기.

무모한 결정을 내리는 등 판단력에 장애가 있다.

해치워버릴 수만 있다면 어떤 위험도 감수하겠다는 태도.

복수를 실현하고 싶다는 욕망.

공공 기물 파손이나 절도 행위.

어떻게 하면 다른 사람을 파멸시킬 수 있을까 하고 골몰.

자신의 모든 굴욕에 적이 개입해 있다는 망상.

다른 이에게 불행한 일이 생기기를 적극적으로 바란다.

이런 상태가 장기간 지속할 때 나타나는 징후

긍정적인 일들이나 행복감을 곧이곧대로 즐기지 못한다.

식욕 부진과 수면 장애.

고립.

스토킹도 주저하지 않는다.

적을 폭력적으로 해치우는 공상에서 즐거움을 찾는다.

적에 맞선 범죄를 모의한다.

폭행 또는 살인.

앞으로 심화할지도 모를 감정 단계 : 편집증(284), 격분(40)

이런 상태가 억압당할 때 나타나는 징후

거친 말을 내뱉지 않도록 어금니를 꽉 물고 참는다.

자신의 감정을 다스리려고 심호흡을 한다.

관심이 다른 데로 쏠릴 만한 소일거리나 여가 활동을 찾는다.

도움이 될 만한 친구들을 곁에 많이 두려 한다.

Writer's Tip

강도 높은 감정 상태를 빚어낼 방법 한 가지는 등장인물의 행동 뒤에 몰려올 파장을 떠올려보는 일이다. 그 파장은 인물에게 어느 정도의 절박감을 가중시킬 수 있다. 이로써 독자는 감정이입에 성공해 이야기에 더욱 몰입하게 된다.

58 질투하다 시기하다

라이벌이나 부러운 대상을 향해 치솟는 악감정. 사랑이나 성공도 대상이 된다.

몸 짓 PHYSICAL SIGNALS

얼 굴

아무렇게나 눈을 흘긴다.
뚱한 시선.
입술을 꽉 오므린다.
이를 악문다.
흐느껴 운다.
일그러진 웃음.
눈에 띄게 볼이 빨개진다.
험상궂은 표정.

손 짓

가슴에 대고 팔을 엇건다.
주먹을 움켜쥐고 바짝 다가간다.
자기도 모르게 손을 부르르 떤다.

목 소 리

목울대에서 으르렁거리는 소리를 낸다.
숨을 내쉬며 뭐라고 투덜거린다.
욕을 주절거린다.
욕설을 내뱉는다.

행　동

날렵하고 기민한 움직임.

뺨으로 흘러내리는 눈물을 훔친다.

눈이 보이지 않도록 앞머리를 쓸어내린다.

주변 사물들을 발로 걷어찬다.

나쁜 소문을 퍼뜨리고 악에 받친 듯 행동한다.

몸 가 짐

다른 사람이 라이벌을 어떻게 대하는지 보면서 씁쓸해한다.

상대방의 약점을 찾아 들쑤신다.

근육 수축.

라이벌의 행동을 따라 한다.

상대보다 한 걸음 앞서 가려고 노력한다.

위험을 무릅쓰고 라이벌에게 도전장을 내민다.

무엇이든 비난부터 하고 본다.

라이벌의 행보에 침을 뱉는다.

자기 자랑을 늘어놓으며 으스댄다.

이목을 끌고자 장기 자랑을 하려고 든다.

오만방자한 태도를 보이며 비열한 말도 서슴지 않는다.

무모한 행실.

라이벌이 흔들리거나 약점을 보이면 고소해한다.

생체 반응 INTERNAL SENSATIONS

가슴이나 위장에 뭔가가 불타오르는 느낌.

위장이 더부룩 해온다.

호흡이 굵고 가빠진다.

눈앞에 섬광 따위가 아른거린다.

이를 악무는 습관에서 비롯된 턱의 통증.

심리 반응 MENTAL RESPONSES

다른 사람에게 라이벌이 무가치한 놈이라며 소리치고 싶은 욕망.

무분별한 결행.

팀을 떠난다.

몸담았던 조직에서 무단이탈.

라이벌의 능력을 음해하거나 그것을 약화시키고 싶다는 욕망.

누군가의 입에서 라이벌이 언급될 때마다 분노가 치솟는다.

상처 입히고 싶다는 소망.

복수하고 싶은 욕망.

온통 마음이 부정적인 느낌들로만 그득해서 혼란스럽다.

오로지 라이벌의 부정적인 특성만 겨냥한다.

제3자의 눈으로 자신과 라이벌을 비교해보려 한다.

선망의 대상을 교체한다.

이런 상태가 장기간 지속할 때 나타나는 징후

조롱, 평가절하, 집단따돌림의 시도.

결투 신청.

라이벌의 일거수일투족에 병적으로 집착.

소심하게 보복한다.

일종의 감정 해소책으로 자해 행위에 빠져든다.

자신의 다른 생활 영역에도 나쁜 일이 생긴다.

자기 회의, 자신감 상실.

부정적인 성향, 수동적 공격성, 헐뜯기 따위로만 점철된 관계망.

오랫동안 두 얼굴로 처신해왔다는 느낌에 사로잡힌다.

자신과 타인들에게 정직한 마음가짐으로 대하지 못한다.

라이벌의 평판이 나빠지도록 상황을 뒤집으려는 시도의 반복.

앞으로 심화할지도 모를 감정 단계 : 선망(124), 투지(276), 분노(132), 증오(256)

이런 상태가 억압당할 때 나타나는 징후

남몰래 슬그머니 라이벌을 주시한다.

맡을 일이 무엇이든 남들보다 훨씬 잘 해내려고 몸부림친다.

맡은 일이 무엇이든 잘 해내지 못한 사람과 비교하려 한다.

인맥을 통해서라도 사람에게 인정받고자 매달린다.

라이벌에게 관심을 집중하지 않으려고 노력한다.

라이벌에 관해 긍정적으로 사고해보려고 시도한다.

Writer's Tip

각각의 장면에서 조명(빛)이 어떤지도 한 번쯤 되돌아보도록 하자. 사방에 충만한 햇살, 이 세상의 모든 것을 잿빛으로 물들이는 먹구름, 저물녘의 황혼이나 밤의 어둠까지도. 빛과 그림자는 등장인물의 기분 변화에 큰 영향을 끼칠 수 있다. 그에 따라 그들의 스트레스가 증폭되거나 목표 지점을 향하여 정진하려는 의욕이 더욱 고취되기도 한다.

59 짜증 나다
골치 아프다

ANNOYANCE

약이 오르거나 가벼운 격앙 상태.

몸 짓 PHYSICAL SIGNALS

얼 굴

안색이 초췌하다.
과장해서 깊은 한숨을 내쉰다.
가늘게 뜬 눈.
입가에 하얗게 튼 자국.
밑으로 바짝 당긴 턱.
찌푸린 얼굴, 금세라도 뭔가에 독설을 퍼부을 듯한 안색.
험상궂은 표정.
머리를 똑바로 곧추세워 마구 흔든다.
눈을 찡그리고 주위에 싸늘한 시선을 던진다.
위쪽으로 부릅뜬 눈길.
계속 머리를 뒤흔든다.
미소를 억지로 지어 보인다.
관자놀이가 씰룩거린다.

손 짓

팔짱 낀 자세.
허공에 대고 팔을 허우적거린다.
주먹으로 턱을 괸다.

손으로 머리를 감싸 쥔다.
양팔로 가슴을 감싼다.
간간이 주먹을 꽉 쥔다.
이마를 꾹꾹 누른다.
주먹으로 입을 막는다.
손으로 옷깃을 더듬는다.

목 소 리

말할 때 경련을 일으킨다.
비난하려고 입을 열었다가도 이내 말문을 멈춘다.
어이없을 정도로 답이 빤한 질문을 한다.
날카로운 억양.
단문으로만 일관. 말이 짧아진다.
융통성 없는 태도, 퉁명스런 말투.

행 동

한시도 가만히 있지 못하고 발을 굴러대거나 꼼지락거린다.
옷을 거칠게 벗어젖힌다.
커프스 단추를 홱 풀거나 지퍼를 억지로 잡아 올린다.
심호흡하기도 하고 숨을 오래 참기도 한다.
연필심을 일부러 부러뜨리는 등 쓸데없이 완력을 쓴다.
조급한 걸음걸이.

몸 가 짐

더는 못 참겠다. 지금 당장 그 일을 해치우고 말겠다는 태도.
불평불만.
불편한 심기를 가라앉힐 비난거리들을 찾는다.
신상의 변화. 체중이 늘거나 준다.
탁자 모서리를 손가락으로 톡톡 두드린다.
가벼운 빈정거림.

목과 어깨 그리고 팔뚝 등이 잔뜩 굳어 있다.
짜증을 유발할지도 모를 사물이나 사람을 꺼린다.

생체 반응 INTERNAL SENSATIONS

두통.
목과 턱의 경직.
체열 발생.
예민해지는 후각.

심리 반응 MENTAL RESPONSES

모든 생각이 다 부질없게 여겨져 스스로 질책.
주의 산만.
벗어날 구실만 찾는다.
비교해봤자 기분만 나빠지는 대상들을 자꾸 떠올린다.
여기 말고 다른 곳에 가 있으면 좋겠다는 소망.

이런 상태가 장기간 지속할 때 나타나는 징후

안면 홍조.
사물들을 거칠게 다룬다.
다른 사람의 일거리나 직무 등을 침해한다.
이를 간다.
자포자기의 몸짓으로 손을 내젓는다.
허공 위로 날아오르고 싶다는 듯 성큼성큼 내딛는다.
아무런 대답도 하지 않고 침묵을 지킨다.
주의를 돌릴 다른 누군가를 끌어들이지 못해 안달한다.

앞으로 심화할지도 모를 감정 단계 : 좌절감(248), 분노(132)

이런 상태가 억압당할 때 나타나는 징후

어떤 모욕이라도 감수하겠다는 듯 고개를 주억거린다.

일부러 바쁘게 지내려고 다른 일거리들에도 손을 댄다.

에너지를 충전하겠다는 의도에서 무작정 일에 달려든다.

짜증스런 현재 상태를 견뎌내야만 한다고 스스로 억누른다.

억지스럽게라도 흥밋거리를 꾸며낸다.

자신의 어조와 행동이 엇나가지 않도록 조심한다.

무심한 척하려는 의도에서 엉뚱한 방향에 시선을 고정한다.

Writer's Tip

감정을 효과적으로 전달할 수 있는 비책이 있다는 생각에 연연해하지 말 것. 예리한 관찰력은 우리가 실제 현실에서 어떤 기미를 주목할 때 필요한 첫 번째 조건이긴 하다. 하지만 그것은 묘사 가능성의 제한된 범위를 제시하는 데 그칠 뿐이다. 결국은 묘사의 힘이다. 등장인물의 동작, 행위 그리고 대화로 그들의 품행이 어떤지를 보여주는 데 주력하면 된다.

60 창피하다 면목 없다

HUMILIATION

자신이 무가치하거나 보잘것없는 존재로 굴러떨어진 느낌.

몸 짓 PHYSICAL SIGNALS

얼 굴

머리를 푹 숙인다.
머리카락을 얼굴 위로 쓸어내려 눈을 가린다.
시선을 내리깐다.
붉게 상기된 얼굴.
생기 없고 멍한 눈빛.
아랫입술 또는 턱을 덜덜 떤다.
목구멍이 헐떡거린다.
자기도 모르게 눈물이 흘러내린다.
콧물을 질질 흘린다.

손 짓

손으로 배를 움켜쥔다.
두 손으로 얼굴을 가린다.
맥을 놓고 양팔을 옆으로 축 늘어뜨린다.
손으로 몸을 가리려 애쓴다.
손으로 팔꿈치를 움켜잡는다.
팔로 자신의 몸을 감싼다.

목 소 리

울먹인다.

말을 더듬거린다.

목놓아 운다.

목소리가 모기 소리만해진다.

행 동

몸이 반으로 굽혀진다.

어깨가 잔뜩 굽는다.

다른 사람으로부터 상체를 비스듬히 돌린다.

자기도 어쩌지 못하는 상태에서 몸이 덜덜 떨린다.

가슴을 웅크린다.

조심스럽게 셔츠의 깃을 접는다.

몸을 자꾸 숨기려 한다.

콧잔등을 찡그리거나 누군가의 손길만 닿으면 움찔거린다.

쭈그려 앉는다.

목을 앞으로 쭉 빼고 다닌다.

무릎을 가슴에 대고 웅크린다.

몸 가 짐

움직임이 둔하고 서툴다.

무릎이 굳어 있다.

자기 신체기관 통제력 상실.

식은땀.

벽에 등을 지고 선다.

몸을 숨기고자 구석으로 미끄러져 들어간다.

몸 전체가 눈에 띌 정도로 떨린다.

안짱다리(정강이 부위가 안쪽으로 살짝 굽어 있다).

생체 반응 INTERNAL SENSATIONS

다리에 힘이 없다.

심장 박동 둔화.

가슴에 통증.

침을 급히 삼킨다.

현기증.

늑골이 짓눌리는 듯하다.

몸이 망가진 것만 같은 느낌.

피부 수축(굽실거려야 하는 긴장감 때문).

근육 이완.

열꽃이 핀 눈과 뺨.

욕지기.

심리 반응 MENTAL RESPONSES

자기혐오.

파편화된 사고.

벌거벗은 채로 다른 사람 앞에 노출당한 기분.

무슨 수를 써서라도 숨거나 달아나고 싶다는 욕구.

어떻게 해서든 이 모든 짓거리를 끝장내고 싶다.

이런 상태가 장기간 지속할 때 나타나는 징후

바닥을 데굴데굴 구른다.

어떤 것에 맞서려고 하면서도 자꾸만 뒤로 숨는다.

통절한 오열.

수단 방법을 가리지 않고 탈출하고야 말겠다는 각오.

고통 받느니 차라리 죽고 싶다.

앞으로 심화할지도 모를 감정 단계 : 우울증(200), 회한(196), 자책감(120),
분노(132), 증오(256)

이런 상태가 억압당할 때 나타나는 징후

온 몸의 감각이 없어진다.

극단적으로 수동적인 사람이 되어 아무와도 약속을 잡지 않는다.

벌어지고 있는 일들에 관심 차단.

아무 말도 하지 않고 어떤 소리도 내지 않으려 한다.

어딘가 다른 곳으로 눈길을 돌린다.

몸과 마음의 괴리 현상.

Writer's Tip

독자는 입체적인 인물을 선호한다. 독자의 체험이 이입될 여지가 한층 더 풍부해 질 수 있도록 어느 한 상황 안에 감정적인 갈등 양상을 덧입힐 것. 첫 차를 장만 하고 나면 등장인물은 가슴 뿌듯한 흥분에 휩싸일 수 있다. 그러면서 한편으로는 이 차를 유지하는 데 경제적으로 부담이 클까 봐 걱정하기도 한다. 이와 같은 내 적 갈등은 이 인물을 입체적으로 만든다.

61 체념하다 포기하다

RESIGNATION

어찌할 수 없게 굴복하고 마는 상태.

몸 짓 PHYSICAL SIGNALS

얼 굴

낙심한 태도로 한숨을 내쉰다.
멍한 인상.
흐릿한 눈빛.
턱이 덜덜 떨린다.
표정이 줄어든다.
감지 않은 머리.
눈 맞춤 회피.
머리를 가로젓는다.
고개를 뒤로 젖히고 하늘을 올려다본다.
멀거니 허공만 바라본다.
한숨을 길게 내쉰다.
아래턱이 느슨하게 벌어져 있다.

손 짓

흐느적거리는 손과 팔의 움직임.
손을 마주 대고 비빈다.
손에 얼굴을 파묻는다.
주먹으로 볼을 괸다.

목 소 리

단조로운 목소리.

말수가 극히 적다.

적절한 어휘들을 떠올리지 못한다.

말을 더듬거린다.

끙끙 앓는 소리를 내고 대답해야 할 때는 아주 짧게 말한다.

행 동

보폭이 좁다.

발을 바닥에 질질 끌며 걷는다.

잠을 엄청나게 많이 잔다.

쪼그려 앉는다.

태아처럼 웅크린 자세로 잔다.

팔꿈치를 무릎에 받치고 상체를 앞으로 기울인다.

괜히 다른 사람의 어깨를 주물러준다.

몸 가 짐

축 처진 어깨.

딱 굳어 있는 자세.

뭔가에 동의해도 고개를 살짝만 끄덕여 보인다.

옷차림에 무신경해진다.

식욕 저하.

이전에 즐기던 취미나 관심사에 흥미를 보이지 않는다.

몸을 잔뜩 움츠려 작아 보이게 한다.

심드렁한 태도로 다른 사람의 부탁에 응할 때가 많다.

뭔가에 동의할 때도 아무런 감정을 내비치지 않는다.

별로 내키지 않는다는 뜻에서 어깨를 으쓱해 보인다.

자극에 반응이 아예 없거나 둔감하다.

마치 골몰하고 있는 것처럼 의도적으로 눈을 감는다.

생체 반응 INTERNAL SENSATIONS

몰락하고 있거나 소외되어 있다는 느낌.

공허감, 감각 둔화.

감정 결여.

근육 약화.

심리 반응 MENTAL RESPONSES

억하심정.

어떤 문제에 제대로 초점을 맞추거나 집중하기가 어렵다.

방향성을 잃어버린 기분.

"어떻게 이런 일이 다 일어날 수 있어?"

"도대체 이제 나는 어떻게 되는 걸까?"

세상에 이런 일은 두 번 다시 없을 거라고 여긴다.

현재나 미래가 다 암울하다는 기분.

자신의 처지는 이제 글러 먹었다는 확신.

이런 상태가 장기간 지속할 때 나타나는 징후

우울증.

내부로 침잠.

다른 사람과의 관계 단절.

회의감이 심해지면서 자신감 저하.

반감.

고분고분하게 변한다.

자기 힘으로 뭘 어떻게 해보겠다는 생각을 버린다.

앞으로 심화할지도 모를 감정 단계 : 슬픔(152), 실망감(160), 패배감(280)

이런 상태가 억압당할 때 나타나는 징후

흐느껴 운다. 질문을 던진다.

논쟁이 벌어져도 무기력하게 물러난다.

어깨를 쫙 펴보지만 실제로 활력이 솟아난 건 아니다.

자기가 화났다는 것을 소심하게 드러낸다.

아무 조건 없이 상대방이 원하는 대로 따르겠다는 것처럼 군다.

Writer's Tip

한 장면 안에 내면의 감정 표현이 너무 많이 나오면 이야기의 흐름이 현저하게 느려질 수도 있다. 내면의 생각을 드러내는 데 초점을 맞추고자 한다면, 활기 있고 사실적인 대화로 이것을 옮겨보자. 그러면 이야기의 흐름이 늦춰질 이유도 없을 뿐 아니라 등장인물의 속생각을 세세히 드러내는 데도 무리가 없을 것이다.

62 투지를 보이다
의지를 보이다

DETERMINATION

목표를 성취하고야 말겠다는 확고하고 단호한 태도.

몸 짓 PHYSICAL SIGNALS

얼 굴

미간을 찌푸린다.

탱탱한 근육.

생기 넘치는 눈빛.

각진 턱선.

강렬한 시선 교환.

고개를 퉁명스럽게 끄덕거린다.

턱을 높이 치켜드는 탓에 목선이 훤히 드러난다.

입술을 꼭 다문다.

콧속 깊이 숨을 들이마셨다가 입으로 내뱉는다.

손 짓

말할 때 두 손의 끝을 맞대 뾰족탑의 형태를 만든다.

주먹을 꽉 쥔다.

소매를 걷어붙인다.

예리한 손놀림.

어떤 부분을 강조할 때는 손가락 끝으로 그곳을 콕콕 찌른다.

손바닥으로 자신의 뺨을 두드린다.

목 소 리

또박또박한 발음으로 짧고 강렬하게 말한다.
여유롭고 나지막한 음역의 목소리.
"그렇습니다."
"제가 해내겠습니다."
단정적인 말투.
핵심적인 질문을 던진다.

행　동

다른 사람의 개인적인 공간에 막무가내로 찾아간다.
리더의 행동을 그대로 따라 한다.
어깨를 쫙 편다.
널찍하게 양다리를 벌리고 선다.
상체를 뒤로 기울이고 손을 무릎 위에 둔다.
앉을 때는 다리를 꼬지 않고 가지런히 둔다.
가슴을 앞으로 쭉 내민다.
단호한 태도로 악수한다.

몸 가 짐

발언권을 선점하려는 태도.
자신의 소지품을 가지런히 정돈해둔다.
늘 뭔가 시작해보려는 준비 태세를 갖추고 있다.
준비가 끝나면 결연히 자리를 박차고 일어난다.
다부져 보이는 몸가짐.
동선이 분명하다.
날렵하고 시원한 걸음걸이.
안정감 있고 집중력이 강해 보인다.
무슨 일을 하더라도 능숙한 솜씨를 발휘한다.
평소 신체를 단련해둔다.
정보를 수집하고 열심히 공부한다.

자기 향상에 도움이 될 만한 비판은 쉽게 받아들인다.

생체 반응 INTERNAL SENSATIONS

가슴에서 뭔가가 퍼덕거리는 느낌.

심장 박동 수와 체온 상승.

금세라도 팽팽하게 조여질 듯한 근육.

심리 반응 MENTAL RESPONSES

장애물과 마주치더라도 치밀한 전략으로 극복하고자 한다.

무슨 일이든 성공할 수 있다는 자기 확신을 스스로 불어넣는다.

남의 말을 성실히 귀담아들을 줄 안다.

첨예한 목적의식.

방해될 만한 것들이나 불편 따위는 가볍게 무시한다.

목표 대상에 모든 초점을 맞춰놓고 열중한다.

자신이 무슨 말을 해야 하고 어떤 일을 처리해야 하는지 늘 검토.

부정적인 생각들은 물리친다.

확실한 목표 지점을 설정해둔다.

이런 상태가 장기간 지속할 때 나타나는 징후

처리해야 할 일들의 방향에 맞춰 모든 일과를 조정한다.

턱선의 근육이 단단히 뭉친다.

두통.

근육 염좌.

고통, 스트레스 또는 그 밖의 외부 요인들은 철저히 무시한다.

결과를 얻어내는 데 필요한 것이라면 무엇이든 헌납하려 한다.

앞으로 심화할지도 모를 감정 단계 : 낙관(328), 자신감(224)

이런 상태가 억압당할 때 나타나는 징후

의도적으로 나른한 거동을 취한다.

매사에 무심한 척.

의미 없는 동작 반복.

자신의 살갗에 생긴 각질을 유심히 살핀다.

모발이 갈라지지나 않았는지 수시로 확인한다.

주머니에 손을 찔러 넣고 다닌다.

농지거리를 주고받거나 가벼운 화제로만 대화하려 든다.

상대방이 답하기 쉽거나 호의적인 질문들만 골라서 한다.

잦은 하품.

어깨를 으쓱한다.

까칠한 사람이 아니라는 것을 보여주려는 웃음 또는 농담.

눈 맞춤 기피.

마치 그만 쉬고 싶다는 듯한 태도로 자주 두 눈을 감는다.

Writer's Tip

더 좋은 작품을 쓰려면 촉감의 위력을 절대 과소평가하지 말 것. 하나의 대상물이 피부에 와 닿는 느낌은 범상치 않은 반응(그게 긍정적이든 부정적이든)을 빚어내는 근거로 제시될 수 있다. 또한 독자의 감정적 체험에도 크게 호소할 수 있다.

63

패배하다
좌절하다

 DEFEAT

누군가에게 장악되거나 혹은 크게 뒤처졌다는 느낌.

몸 짓 PHYSICAL SIGNALS

얼 굴

가슴에 닿도록 푹 수그린 턱.
머리를 흔든다.
눈 맞춤 회피.
손이나 발 쪽으로 자꾸만 시선을 내리깐다.
열꽃이 피어오른 뺨.
텅 빈 눈망울.
부들부들 떨리는 턱.
다른 사람 앞에서 붉게 물든 눈시울을 감추려 든다.

손 짓

허우적거리는 두 손.
손바닥을 들어 올려 자신의 뺨을 갈긴다.
양옆으로 팔을 벌린다.
눈가를 비빈다.
두 손을 등 뒤로 감추거나 주머니에 찔러 넣고 있다.
두 손으로 머리를 받쳐 든다.
주먹으로 가슴을 친다.

목 소 리

갈라진 목소리.
건성으로 동의하는 척해 보인다.
깔딱거리는 목젖.
꿀꺽하고 침을 삼킨다.
침묵 또는 응답하지 않음.
억양 없는 대답.
걸걸해진 목소리.

행   동

균형감을 잃고 비틀거리며 돌아다닌다.
자주 비틀거리고 무릎이 꺾인다.
뒷걸음쳐 물러난다.
의자에 털썩 주저앉는다.

몸 가 짐

길고 나지막한 한숨.
잔뜩 굽은 어깨.
의기소침해진 몸가짐.
마치 그것을 지켜내고야 말겠다는 듯 몸을 웅크린다.
흐리멍덩한 몸놀림.

생체 반응 INTERNAL SENSATIONS

목울대를 쿵쿵 울리는 맥박이 강하게 느껴진다.
흉곽을 때리는 심장 박동.
쌕쌕거리는 숨결.
머리통이 팽 돌고 있는 듯한 느낌.
흉부의 통증 또는 마비.
입안에서 신맛이 느껴진다.
에너지 고갈.

눈꺼풀 아래 감춰진 이슬 또는 열기.

목울대 안에 망울져 있는 듯한 덩어리의 불쾌한 감촉.

움직이려 할 때마다 거추장스럽고 무겁게 느껴지는 팔다리.

심리 반응 MENTAL RESPONSES

어디론가 달아나거나 혼자서만 있고 싶다는 욕구.

자괴감.

다른 사람이 자신에 실망하지나 않을까 하는 걱정.

정신적 피로감.

이런 상태가 장기간 지속할 때 나타나는 징후

사시나무 떨리듯 전율하는 몸.

자기도 모르게 흘러나오는 눈물.

애원 또는 간청.

극도의 심신 쇠약.

자기혐오.

앞으로 심화할지도 모를 감정 단계 : 체념(272), 우울증(200), 수치심(120), 굴욕감(268)

이런 상태가 억압당할 때 나타나는 징후

절레절레 고개를 가로젓는다.

거짓된 축하의 탄성.

애써 상대방과 눈을 맞추려는 노력.

다시 한 번 맞붙자는 요구.

반복해서 "안돼!"라고 말한다.

고함, 저주.

다른 사람에게 죄를 뒤집어씌운다.

사기 행각이나 부정 거래 등을 격하게 규탄한다.

뾰족하게 앞으로 내민 턱.

무심한 눈길.

남들의 눈에 강해 보이기 위해 화를 자주 낸다.

Writer's Tip

좀 더 정적인 감정 상태를 드러내려 할 때는 대비 효과를 활용하는 게 좋다. 가령, 한 등장인물을 그보다 훨씬 괄괄하고 들쭉날쭉한 다른 인물과 짝패로 배치해두면 둘의 기질적 특성이 대비되면서 감정선과 직결된 신체상의 징후들을 더 또렷하게 표출할 수 있다.

64 편집증 피해망상

PARANOIA

과도하거나 비논리적인 의심에 휩싸인 상태. 극도의 불신.

몸 짓 PHYSICAL SIGNALS

얼 굴

아래턱을 바짝 당긴다.
눈알을 이리저리 빠르게 굴린다.
눈을 크게 뜬다.
충혈된 눈.
햇볕을 많이 쬐지 않아 피부가 창백해진다.
거의 깜빡거림이 없는 것처럼 보이는 눈.
안면 경련, 근육이 자꾸 씰룩거린다.

손 짓

손을 들어 올려 뒤로 젖힌다.
가슴에 대고 양팔을 단단히 엇건다.
가려운 데도 없는데 몸을 자꾸 긁적인다.
손을 자주 씻는다.

목 소 리

숨을 내쉬며 뭐라고 투덜거리며 혼잣말을 한다.
무의미하거나 비합리적인 논증을 앞세운다.
신빙성 없는 근거를 들먹인다.
자신과 상반된다 싶으면 그게 무슨 내용이든 논박하려 든다.

행 동

잠들지 못하고 계속 뒤척인다.

조급하고 불규칙한 걸음걸이.

항상 어깨너머나 모서리에 몸을 감추고 넘겨다본다.

쉽게 공격적인 태도를 드러낸다.

금세 방어적인 자세로 돌변한다.

다른 사람이 마련한 음식물이나 음료는 입에도 대지 않는다.

과도할 정도로 신변 안전에 유의한다.

잠금장치에 집착한다.

집 지키는 개를 둔다.

보안카메라를 설치한다.

입은 옷의 보풀을 참지 못한다.

몸 가 짐

자주 깜짝깜짝 놀란다.

불면증.

움찔한다.

땀을 많이 흘린다.

어느 공간에 들어서기만 하면 일단 비상구부터 확인해둔다.

다른 사람과 점점 더 거리를 두려 한다.

각성 상태를 유지하고자 카페인 음료나 약물에 의존한다.

흐트러진 외모.

계획을 완수하고자 무고한 사람을 음해한다.

체중 감소.

비주류의 음모론에 동조하는 성향이 강하다.

과격한 신조나 주의 주장을 옹호한다.

비록 엉터리라도 완강하게 자신의 신조를 밀어붙이려 든다.

완벽주의적인 성향이 있다.

충동적인 품행.

생체 반응 INTERNAL SENSATIONS

감각을 과장한다.

피로감.

언제든 도망칠 태세를 갖췄다는 듯 긴장해 있는 근육 상태.

접촉이나 소음에 유난히 민감하다.

심장 박동이 빠르다.

피부와 신경이 자극에 약하다.

높은 아드레날린 수치, 매사에 흠칫한다.

심리 반응 MENTAL RESPONSES

어딜 가든 위험의 조짐을 찾아낸다.

너무 섣불리 판단한다.

자신의 중요성을 스스로 과대평가한다.

비합리적이고 비논리적인 결말로 쉽게 비약하기도 한다.

잠을 충분히 자지 않은 탓에 유발된 정신적 피로감.

실제로 벌어지지 않은 일들을 보고 듣는다.

신뢰의 결여로 다른 사람과 원만히 교제하기가 어렵다.

언제든 최악의 경우만 생각한다.

부정적인 사고 패턴.

미행당하고 있거나 감시당하고 있다는 느낌에 시달린다.

모든 사람이 자기를 속인다고 확신한다.

신변을 지켜준다는 각종 미신에 집착한다.

이런 상태가 장기간 지속할 때 나타나는 징후

힘 있는 사람과 가까이 지내려 한다.

길고 지속적인 인간관계를 유지하지 못한다.

고립.

가족에게 의지해 살아간다.

자신은 사회적인 규약에 얽매여 살아가지 않아도 된다는 신념.

실제 현실에서 완전히 유리된다.

격노.

환각, 불안, 공격성, 혐오증, 정신질환의 징후.

**앞으로 심화할지도 모를 감정 단계 : 공포감(68), 분노(132), 격분(40),
자포자기(232)**

이런 상태가 억압당할 때 나타나는 징후

사회생활 기피.

사회적인 처신에 익숙해지려 시도하지만 늘 눈치를 본다.

모임의 일원처럼 보이고자 아무 일에나 선뜻 동의를 표한다.

얼어붙은 혹은 병적인 미소.

높은 언성 또는 괴이한 웃음.

약물을 복용하거나 치료 요법을 찾아다닌다.

Writer's Tip

대화 장면에서 중요한 것은 등장인물이 하는 말의 내용이 아니다. 문제는 그것을 어떻게 말하는가이다. 그리고 이따금 말하지 않으려고 애써 입 다물고 있는 것도 중요하다!

65 평안하다
안정을 찾다

PEACEFULNESS

불화나 동요 또는 소란스러움에서 완벽하게 벗어난 차분한 상태.

몸 짓 PHYSICAL SIGNALS

얼 굴

미소, 함박웃음.
눈을 감고 머리를 뒤로 젖힌다.
숨을 깊고 만족스럽게 내쉰다.
억지스럽지 않은 웃음.
생기 넘치는 눈빛으로 가벼운 시선을 보낸다.
반쯤 감긴 눈, 만족스러움이 어려 있는 눈길.
목을 앞뒤로 돌린다.
눈길이 가닿는 대로 여기저기 둘러본다.
안도의 한숨.
경직된 곳이 없는 나른한 표정.

손 짓

손가락으로 느슨하게 무릎을 감싸 쥔다.
팔을 친구의 어깨에 기댄다.
머리 뒤로 들어 올린 손가락을 까딱거린다.
엄지손가락과 검지를 동그랗게 붙여 보인다.
머리 위로 크게 기지개를 켠다.

목 소 리

휘파람을 불거나 콧노래를 흥얼거린다.

차근차근한 언변.

낮고 편하게 느껴지는 목소리.

온기 있는 목소리, 다정다감한 어조.

행 동

다른 사람에게 묵례를 해 보인다.

고양이처럼 기지개를 켠다.

기꺼이 시간을 늘려 업무를 마무리 지으려 한다.

편안해 보이는 발걸음, 절대 서두르지 않는다.

상체를 뒤로 젖히고 팔을 등받이에 걸친다.

몸 가 짐

여유로운 자세.

부드러운 자태와 차분한 모습이 은근히 드러난다.

행사를 즐긴다(영화, 콘서트, 야유회 등).

햇살을 즐기려고 풀밭 위에 편히 눕는다.

다리를 넓게 벌리고 선다. 열려 있는 몸가짐.

느긋한 몸놀림.

다른 사람의 행복에 큰 관심을 표현한다.

중요한 대화에 참석한다.

생체 반응 INTERNAL SENSATIONS

느리고 편한 호흡.

근육 이완.

늘어진 팔다리.

나른한 몸가짐.

구름 위에 있는 듯 긴장감과 스트레스가 적다.

안온하고 잔잔한 맥박과 심장 박동.

심리 반응 MENTAL RESPONSES

굳이 침묵을 깨서 뭔가 말하지 않아도 편안하다.

전반적으로 세상 돌아가는 모습에 만족한다.

삶에 단단히 접속되어 있다는 느낌.

특별히 뭔가를 더 하고 싶다는 욕망이 없다.

다른 사람의 말에 귀 기울이는 것을 즐긴다.

현재에 충실할 뿐 과거나 미래에 연연해하지 않는다.

분위기를 깨는 화제는 피한다.

매일 반복되는 업무와 일상사조차도 기쁘게 받아들인다.

모든 이가 평화를 누리며 살았으면 하고 바란다.

이런 상태가 장기간 지속할 때 나타나는 징후

세상을 개선해야 할 필요성을 느끼지 못한다.

긍정적이거나 마음이 맞는 사람하고만 시간을 보내려 한다.

영적이거나 종교적인 철학 분야에 관심을 둔다.

긍정적인 현재 상황에 안주하고 싶다는 욕망.

새로운 신념을 수용하고자 생활방식을 바꾼다.

대기업의 횡포와 자본주의에 환멸을 느끼기 시작한다.

지금보다 한결 자연 친화적으로 살고 싶다는 욕망.

자신의 몸을 지키고 가꾸는 데 관심이 많아진다.

만족감을 줄 만한 취미 활동에 동참한다.

앞으로 심화할지도 모를 감정 단계 : 행복감(292), 만족감(100)

이런 상태가 억압당할 때 나타나는 징후

자신의 차분함이 그저 피로 때문이라고 주장한다.

의도적으로 경직된 자세를 취하려 한다.

지루해서 그만두는 거라고 둘러댄다.

동사는 신중하게 골라 쓸 필요가 있다. 문장의 의미는 행위를 묘사할 때 사용된 어휘들로 표현된다. 그때 독자가 접하게 되는 것은 등장인물의 행위를 직접 나타내는 동사의 양태이다. 층계 위로 "터덜터덜 걸어 올라가는" 등장인물의 모습은, 두세 계단씩 "한꺼번에 뛰어 올라가는" 다른 인물의 모습과 분명한 감정 상태의 차이를 드러낸다.

66 행복하다 즐겁다

HAPPINESS

말 그대로 기분이 꽤 좋고 만족스러운 상태.

몸 짓 PHYSICAL SIGNALS

얼 굴

달 뜬 얼굴.
표정에서 미소가 떠나지 않는다.
늘 웃는 표정.
두드러지게 불거진 광대뼈.
만면에 그득한 미소.
생기가 너울거리며 환히 빛나는 눈.

손 짓

누군가에게 엄지손가락을 추켜세워 보인다.
활기차게 손을 흔든다.
다리나 다른 신체 부위에 대고 가볍게 손가락 장단을 맞춘다.
손으로 가슴을 잡는다.

목 소 리

콧노래 흥얼흥얼, 휘파람, 노래 부르기.
농담을 즐기고 자주 웃음을 터뜨린다.
요란스러운 또는 경쾌한 목소리.
빠른 말씨.
긍정적인 어휘들만 골라 쓴다.

수다를 즐기고 낯선 사람에게도 스스럼없이 말을 붙인다.
감각의 즐거움을 표현한다(음악, 음식물 등).

행 동

다리를 쭉 펴면서 활달하고 열린 자세를 취한다.
유연한 몸놀림.
공손한 태도.
발걸음이 금세라도 깡충거릴 듯 가볍다.
다른 사람과의 신체 접촉에도 능동적이다.
발끝을 가볍게 까딱거리거나 들썩거린다.
만족스러운 표정으로 고양이처럼 기지개를 켠다.
발끝으로 깡충거린다.
날렵한 움직임. 전혀 머뭇거리지 않는다.

몸 가 짐

여유로운 모습.
선물을 사거나 그저 선의로 상품권을 준비한다.
앉은 자세가 똑바르고 명석해 보인다.
남에게 칭찬을 자주 한다.
팔을 휘휘 저어가며 걷는다.
고개를 끄덕거리거나 상체를 앞으로 내민다.
다른 사람을 격려하고 도와준다.
대체로 생기가 돌고 활력 넘치는 얼굴.
마치 세상을 다 끌어안을 것처럼 팔을 벌린다.
친절한 마음가짐을 적극 실행에 옮긴다.

생체 반응 INTERNAL SENSATIONS

숨이 멎을 것만 같은 기분.
가슴 전체로 퍼져나가는 쿵쾅거림.

손이 얼얼하다.

팔다리가 가볍다.

몸이 붕 뜨는 것 같은 기분.

심리 반응 MENTAL RESPONSES

긍정적인 사고.

자신의 즐거움을 퍼뜨려 다른 사람도 기쁘게 하고 싶다는 욕망.

사소한 것들을 말로 옮겨보려 한다.

꽃향기를 맡고 그 느낌을 표현하고자 한다.

누구라도 도와주고 싶다는 의기 충만.

사는 게 즐겁고 만족스럽다.

참을성이 강해진다.

밝고 건강한 관점.

사랑하는 이들 또는 친구들과 함께 있고 싶다는 욕망.

용감무쌍해진 담력.

즐겁게 살 수만 있다면 웬만한 모험은 감당하겠다는 태도.

이런 상태가 장기간 지속할 때 나타나는 징후

기쁨의 눈물.

흥분에 겨워 몸을 부르르 떤다.

다소 과장된 움직임.

매사에 급히 서두른다.

주먹을 위로 높이 들어 올린다.

뛰어다닌다.

환성, 폭소, 비명, 괴성 등으로 행복감 표출.

다정다감한 태도 과시.

제자리에서 맴돌기.

춤사위.

**앞으로 심화할지도 모를 감정 단계 : 의기양양(204), 사의(64), 만족감(100),
평안(288)**

이런 상태가 억압당할 때 나타나는 징후

미소를 억제하기 위해 입술을 꼭 다문다.

참기 어렵더라도 잠자코 있으려 한다.

조용히 심호흡한다.

가볍게 제자리 뛰기를 한다.

다른 사람과 대면하게 되는 것을 피한다.

손발의 떨림을 막고자 뭔가를 만지작거린다.

표정 관리에 실패한다.

나중에 천천히 음미하기 위해 행복한 생각들을 떨쳐낸다.

다른 문제에 맹렬히 집중해보려 한다.

앞머리로 희희낙락한 표정을 가리려 한다.

미소를 감추려고 손으로 입을 덮는다.

자기 몸을 꼬집는다.

Writer's Tip

어느 장면의 긴장감을 고조시키고자 할 때는 등장인물의 마음을 지배하고 있는 동기가 무엇인지, 그리고 그 동기에는 어떤 감정이 적절할지 곰곰이 따져볼 필요가 있다. 한편, 그 인물이 원치 않는 감정 상태가 야기될 만한 사건 한 가지를 끌어들이는 게 좋다.

67 향수를 느끼다 아련하다

NOSTALGIA

과거의 한 시절을 그리워하면서 되돌아가고 싶어 하는 마음.

몸 짓 PHYSICAL SIGNALS

얼 굴

초점 잃은 시선.
아스라한 미소.
습관적으로 먼 곳을 멍하게 바라본다.
눈물이 그렁그렁 맺힌 눈가.
고개를 옆으로 기울인다.
예전 일이 떠오르면 눈빛이 밝아진다.
눈을 지그시 감는다.

손 짓

옛날 사진을 매만진다.
손을 가슴에 대고 문지른다.
두 손을 가지런히 모아 기도하듯 입술에 댄다.

목 소 리

나지막한 목소리로 말한다.
촉촉하게 젖은 목소리.
가라앉은 웃음소리.
얕은 한숨.
"당신은 그 사람하고 쏙 빼닮았어."

"우리 첫 차하고 똑같은 색상이네."
예전에 있었던 일을 이야기하고 또 이야기한다.

행 동

느릿느릿한 걸음걸이.
기억이 담긴 소지품들을 부드럽게 매만진다.
더 또렷하게 옛일을 떠올려보려고 노력한다.
소파에 구부정하게 앉아 옛날 영화를 열심히 본다.

몸 가 짐

이완된 자세.
느리고 나른한 몸놀림.
라디오의 옛날 노래 등에 심취한다.
행복한 시절의 기억을 두고두고 간직하려 한다.
당시의 순간을 함께했던 이들과 만나고 싶어 한다.
과거의 순간을 재현해보고자 노력한다.
같은 향내가 풍기는 촛불을 밝힌다.
옛날 옷을 다시 꺼내 입는다.
과거의 한순간을 함께했던 이들과 만나면 정감이 늘어난다.

생체 반응 INTERNAL SENSATIONS

눈시울이 뜨거워진다.
배꼽이 격하게 들썩거린다.
몸 전체가 이완된다.
옛 기억이 떠오를 때마다 호흡이 둔해진다.
의식이 둔화한다.
의자에 오래 앉아 있으면서도 그다지 불편을 느끼지 못한다.
과거 순간에 느낀 것과 같은 신체 지각을 체험한다.
옛 기억에 명치 끝이 아려온다.

말초신경이 둔해지는 느낌.

심리 반응 MENTAL RESPONSES

기억을 떠올리는 동안에는 시간관념이 줄어든다.

과거의 한 시절로 되돌아가고 싶다는 욕망.

머릿속으로 과거 순간을 계속 떠올린다.

비록 고통스러웠을지라도 과거의 한순간을 아름답게 미화한다.

나쁜 사건도 좋게 포장하려 든다.

이런 상태가 장기간 지속할 때 나타나는 징후

요즘 세상 돌아가는 방식에 불만이 많다.

현재보다 과거의 감정을 더 많이 표현한다.

과거에 있었던 일들을 떠올리는 데 대부분 시간을 할애한다.

같은 성향의 사람을 규합하려 한다.

현재 해야 하는 의무나 인간관계를 등한히 한다.

다른 추세나 동향에 맞춰 살아가는 적응력 부족.

우울증.

앞으로 심화할지도 모를 감정 단계 : 슬픔(152), 우울증(200), 행복감(292)

이런 상태가 억압당할 때 나타나는 징후

과거를 환기해줄 만한 물건들에 무분별하게 집착한다.

코를 훌쩍거리며 운다.

과거 상황이 떠오를 만한 기회를 일부러 외면한다.

모임에 나가지 않는다.

예전에 살던 집 또는 고향을 향한 여행을 거부한다.

과거를 화제 삼는 대화에는 끼지 않는다.

쓸데없는 말로 자신의 향수를 은폐한다.

등장인물을 무대로 처음 끌어낼 때는, 자잘하게 나눠 개인적인 세부 사항을 묘사하는 게 바람직하다. 비록 플롯을 짜거나 인물을 표현하는 데 중심에서 제외될만큼 자잘한 것들이라 해도 묘사 대상에 포함되면 그게 무엇이든 독자의 상상력에 침전되기 마련이다.

68 혐오하다 역겨워하다

 **DISGUST**

불쾌하고 진저리나게 싫어하는 태도.

몸 짓 PHYSICAL SIGNALS

얼 굴

입술을 쫑긋거린다.
입을 벌리고 혀를 앞으로 내민다.
콧등을 찡그린다.
침 삼키기가 어렵다.
목을 긁적거리며 얼굴을 찡그린다.
차갑고 무표정하며 생기 없는 눈빛.
바라보는 것조차 거부한다.
눈을 돌린다.
침을 탁 내뱉고는 토한다.
얼굴이 하얗게 질린다.
고통스럽게 일그러진 표정을 내보인다.
헛구역질한다.

손 짓

손을 내저으며 진저리 친다.
손이 건조하게 느껴져 자주 물로 씻는다.
주먹을 입에 가져다 대며 볼을 부풀린다.
앞이마를 문지른다.

입을 가린다.
손으로 눈썹의 양쪽 끝을 잡아당겨 울상을 만든다.
코나 입을 문지른다.

목 소 리

누군가에게 들었던 말을 되뇌며 일부러 아무렇지 않다고 한다.
자리를 피하거나 대답을 얼버무린다.
머리를 갸웃거리며 뭐라고 투덜거린다.
목소리에 증오가 배어나온다.

행　　동

몸을 움찔하며 움츠린다.
뒤로 상체를 젖힌다.
발가락을 비비 꼰다.
옷깃을 잡아당겨 코와 입을 막는다.
위장이 있는 신체 부위를 손으로 누른다.
무릎을 쿡쿡 눌러본다.
자세를 움츠러뜨려 두 다리를 가지런히 모은다.

몸 가 짐

문제의 원인에게서 등을 돌린다.
안전거리를 확보하기 위해 멀찍이 떨어진다.
접촉을 피한다.
접촉할 일이 생길 듯한 기미조차 질겁한다.
상대방의 말이나 행동을 멈춰달라고 요청한다.
마치 옷이 불편한 것처럼 자꾸만 어깨를 크게 들썩거린다.
가방이나 핸드백을 방패 삼는다.
문제의 원인에게서 멀찍이 떨어져 잔뜩 몸을 웅크린다.

생체 반응 INTERNAL SENSATIONS

침 삼킬 때 숨이 막히는 듯 불편해한다.

입에 침이 너무 자주 고여 자주 내뱉을 수밖에 없다.

입에서 신맛이나 쓴맛이 느껴진다.

욕지기가 올라오거나 속이 메스껍다.

목구멍이 타는 듯하다.

살갗이 조여오는 것 같은 기분.

심리 반응 MENTAL RESPONSES

멀리 달아나고 싶은 충동.

어쩐지 지저분한 느낌.

다른 곳에 가 있고 싶다는 소망.

감정을 들쑤시는 세부 내용이 계속 생각난다.

이런 상태가 장기간 지속할 때 나타나는 징후

개인위생에 집중한다.

평소 샤워를 자주 하고 피부 관리에 신경 쓴다.

개인적인 공간의 관리 유지에 지나칠 정도로 집착.

문제의 대상이 가까이 있을 때는 화들짝 놀라는 반응.

말수가 줄어들고 점점 더 매사에 무관심한 사람이 되어간다.

문제의 대상에게서 멀리 달아나고 싶다는 욕구가 강렬하다.

앞으로 심화할지도 모를 감정 단계 : 환멸(104), 공포(68), 분노(132)

이런 상태가 억압당할 때 나타나는 징후

안전거리를 확보한 뒤 위태로운 미소를 지어 보인다.

억지로 거리를 좁혀보고자 노력한다.

그게 아무리 힘들어도 계속 눈을 맞춰보려 한다.

아무것도 문제 될 게 없다는 듯 손을 흔들어 보인다.

입술을 지그시 깨문다.

겨우겨우 거리를 좁혀보지만, 뒷짐을 지고 만다.

멀찍이 떨어져서 한 손만 내민다.

매사에 주저한다.

몸놀림이 둔하고 후들후들 떨린다.

얼어붙은 미소.

Writer's Tip

당장에라도 도망가거나 자리를 박차고 일어서야 할 만큼 극단적 상황을 다룰 때는 등장인물의 기질에 맞게 어떤 전개 방식이 어울리는지 파악해두는 게 매우 긴요하다. 이후의 모든 동선은 이 선택에 따라 배치되어야 한다.

69 호기심을 가지다 관심을 보이다

CURIOSITY

뭔가를 궁금히 여기거나 적극 알아보려는 태도.

몸 짓 PHYSICAL SIGNALS

얼 굴

고개를 양쪽으로 갸웃거린다.
눈썹이 치켜 올라간다.
느긋한 미소를 지어 보인다.
눈썹을 찡그렸다가 풀기를 반복한다.
눈 깜빡거림.
초점이 선명한 눈길.
코를 찡긋한다.
안경을 추켜올린다.
느릿느릿한 고갯짓.
살짝 벌어진 입술.
무의식적인 곁눈질.

손 짓

팔짱을 낀 자세로 뭔가를 유심히 관찰한다.
주위 사람에게 조용하라는 손짓을 한다.
뭔가를 오래 만져본다.
손가락으로 허공에 뭔가를 적는다.
엄지손가락을 들어 눈대중을 해본다.

목 소 리

매사에 질문하듯 말하는 습성이 있다.

궁금증이 배어 있는 듯한 어조 또는 억양.

가설적인 질문을 던진다.

자신의 흥미를 말로 표출한다.

"오, 저것 좀 봐봐."

"정말 재미있지 않니?"

육하원칙에 따라 집요하게 질문을 던진다.

가벼운 이야기에서 논점이 될 만한 질문들로 화제를 옮겨간다.

행 동

상체를 앞으로 기울이며 의자를 바짝 당겨 앉는다.

하던 일을 잠시 멈추고 잘 되었는지 점검하는 데 열중한다.

주의를 집중하고자 문득 행동을 멈춘다.

밥숟가락을 입에 물고 꼼짝을 안 한다.

자료를 찾아보는 일에 열성을 바친다.

까치발로 살금살금 다가가서 바짝 접근한다.

주위를 뱅글뱅글 돈다.

몸 가 짐

활기찬 몸가짐.

늘 탐색해보거나 염탐하는 태도.

엿듣는 버릇.

밀착하고자 쪼그려 앉거나 무릎을 꿇는 일도 마다치 않는다.

지각된 것을 깊이 파고들어 간다.

새로운 지식의 냄새를 맡는다.

다른 사람의 소매를 잡아끈다.

주변의 관찰에 도움이 될까 싶어 매사에 신중히 움직인다.

늘 뭔가에 꽂혀 있다.

생체 반응 INTERNAL SENSATIONS

올라갔다 갑자기 멈추는 호흡.

심장 박동의 증가.

심리 반응 MENTAL RESPONSES

알고 싶고 직접 만져보고 싶고 이해하고 싶다는 욕구.

자기가 방금 무슨 말이나 행동을 하려 했는지 잊어버린다.

새로운 길로 둘러 가려는 충동.

걱정거리나 스트레스 또는 할 일 등을 깜빡 잊고 산다.

조사하거나 실험해보고 싶다는 욕구.

감각을 통한 정보량 증가.

이게 어떻게 작동하는지 끊임없이 궁금해하거나 흥미를 보인다.

이런 상태가 장기간 지속할 때 나타나는 징후

정서불안 또는 근육 경련.

흥미 유발 원인에 과민증을 보인다.

사고 강박.

예리하다 못해 저돌적이기까지 한 질문들.

욕구가 충족될 때까지 살금살금 염탐하기를 그치지 않는다.

앞으로 심화할지도 모를 감정 단계 : 지적 열망(176), 놀람(52), 갈등(32)

이런 상태가 억압당할 때 나타나는 징후

시선을 내리깔고 돌아다닌다.

손을 무릎 사이에 낀다.

눈 맞춤 회피.

자료 검색에 몰두하느라 보낸 시간을 변명으로 무마하려 한다.

모르거나 관심 없는 척한다.

집요한 곁눈질.

관심 있는 눈길을 감추기 위해 앞머리를 기른다.

매사에 심드렁한 척한다.

후각은 기억을 촉발하는 법이다. 이와 같은 감각의 성질을 이용해 한 장면 안에 후각과 결부된 한 토막의 이야기를 펼쳐보자. 이런 장면은 독자의 관심을 자극할 뿐 아니라 작중에 그려진 행위 일부를 생생히 전달해줄 수 있다.

70 혼란스럽다 뒤죽박죽이다

CONFUSION

정신이 혼미하거나 갈피를 잡지 못하는 상태.

몸 짓 PHYSICAL SIGNALS

얼 굴

얼굴을 찡그린다.
침을 과할 정도로 많이 삼킨다.
머리를 갸웃거리며 입술을 오므린다.
눈가를 찌푸린다.
머리통이 움찔움찔하며 뒤쪽으로 젖혀진다.
양쪽 눈썹을 크게 씰룩거린다.
멍하고 딴생각에 빠져 있는 눈길.
눈살을 찌푸린다.
입술을 깨문다.
빠르게 눈을 껌뻑거린다.
가볍게 머리가 흔들거린다.
공허한 시선, 멍한 표정.
입속에서 혀를 밀어 한쪽 뺨을 부풀린다.

손 짓

뺨이나 관자놀이를 긁적거린다.
턱을 문지른다.
목 언저리를 더듬거린다.

손바닥을 펼쳐 보이며 어깨를 으쓱한다.
손으로 머릿결을 자주 쓸어 넘긴다.
자기 귀를 잡아당긴다.
앞이마나 눈썹을 문지른다.
손으로 입술과 입가, 얼굴을 더듬거린다.
주먹을 입술에 대고 톡톡 두드린다.
손이 건조해져 자주 물로 씻는다.

목 소 리

버벅거림.
"음" 또는 "아" 하며 자주 머뭇거린다.
질문으로 받은 말을 자꾸 되묻는다.
억양이 분명치 않다.
적확한 어휘를 떠올리는 게 점점 더 어려워진다.
말할 때 목소리가 점점 작아진다.
"그거 정말 확실한 거예요?"
매사에 자주 되묻는다.
말을 더듬는다.
질문을 자주 한다.

행　　동

마치 답을 구하는 것처럼 주위를 두리번거린다.
귀가하기 전에 길거리를 배회한다.
땅을 보고 걷는다.
양 볼 가득히 숨을 들이마셨다가 크게 내뱉는다.

몸 가 짐

어떤 일을 마무리하는 게 어렵다.
잔뜩 늘어져 있거나 무력감에 빠진 것처럼 보이는 신체 자세.
생각에 빠져 자주 등을 돌리고 있다.

무슨 말인가 하려고 입을 벌려보지만 결국 아무 말도 하지 못한다.

생체 반응 INTERNAL SENSATIONS

체열 상승.

소화 장애.

흉부 압박감.

식은땀.

과열된 느낌.

심리 반응 MENTAL RESPONSES

얼어붙은 사고력.

대답을 유예하기 위해 잠시 휴지기를 가졌으면 하고 희망.

대답을 찾아내고자 다급해진 정신 상태.

이런 상태가 장기간 지속할 때 나타나는 징후

도피 욕구.

낙오.

끝내지 못했거나 형편없는 업무 성과로 동료에게서 신뢰 상실.

약속을 깨거나 이행하지 않는다.

생산성 결여.

존재감 상실.

앞으로 심화할지도 모를 감정 단계 : 무력감(168), 좌절감(248), 체념(272),
불안정(228)

이런 상태가 억압당할 때 나타나는 징후

건성으로 고개를 끄덕여주거나 동의한다.

주의를 집중하고 싶어 하지 않는다.

손 떨림.

거짓 확신.

모든 게 제대로 통제되고 있는지 다른 사람에게 수시로 확인.

겉으로만 미소를 지어 보이며 고개를 주억거린다.

등이나 어깨를 토닥거리며 상대방을 안심시킨다.

매사에 안절부절못하고 전전긍긍한다.

대화의 화제를 다른 쪽으로 돌린다.

난데없이 활동의 열의를 과시하기도 한다.

약속 잡기.

엉뚱한 일에 뜬금없는 흥미를 보인다.

눈에 띄게 땀을 많이 흘린다.

시간을 지연시키기 위해 자주 땜질용 객소리를 늘어놓는다.

Writer's Tip

남성과 여성의 감정 표현과 체험은 서로 다르다. 작가 자신과 다른 성별의 등장
인물을 다룰 때는 그 인물의 반응과 사고가 적절한지 주위에 약간의 조언을 구하
는 게 바람직하다. 그래야 작중에서 표현하려는 느낌이 온전해질 수 있다.

71 회의적이다
의심을 품다

SKEPTICISM

아무리 생각해도 의혹을 거두지 못하겠다는 태도.

몸 짓 PHYSICAL SIGNALS

얼 굴

생각에 잠겨 입술을 오므린다.

입술을 가늘게 꾹 다문다.

눈썹을 추켜세운다.

고개를 가로젓는다.

히죽히죽 웃거나 눈을 동그랗게 뜬다.

거들먹거리는 미소.

얼굴이 굳어 있다.

눈을 가늘게 뜬다.

입술을 잘근잘근 씹는다.

입술을 핥는다.

턱을 앞으로 내민다.

콧방귀를 뀐다.

손 짓

장신구나 그 밖의 소지품들을 만지작거린다.

강하게 손사래를 치며 상대방의 생각을 일축한다.

손가락으로 뭔가를 톡톡 건드린다.

손톱을 깨문다.

손가락으로 탁자 모서리를 톡톡 두드린다.
악취가 난다는 듯 코를 감싸 쥔다.

목소리

목청을 가다듬는다.
말로 정중하게 반대를 표한다.
다른 사람을 험담하고, 그들의 생각을 가차 없이 깎아내린다.
"음" 하거나 "에에" 하며 말을 질질 끈다.
"정말 확실한 거야?"
"만약 그랬으면 어땠을까?"
"난 그렇게 생각 안 해."
"그런 방법으로 어떻게 해보겠다는 건 말도 안 돼."

행　동

고개를 뒤로 젖히고 잠시 쉰다.
상대방의 눈을 마주치지 못하고 목덜미만 문지른다.
일부러 몸을 떨며 전율하는 척한다.
깊게 한숨을 쉰다.

몸가짐

어깨를 으쓱해 보인다.
고개는 끄덕이지만 완전히 동조하진 않는다는 표정.
사사건건 다른 사람과 대립한다.
주장이 뒷받침될 만한 확실한 증거를 요구한다.
도출 가능한 결론에 귀 기울인다.
안절부절못하고 여유가 없다.
조급하게 걷는다.
자꾸 시계를 본다.
몸가짐이 딱딱하다.
뭔가를 겨냥하고 있는 공격성 발언.

성공하지 못한 과거의 부정적 사례를 지금 상황에 견준다.

모든 게 다 잘못될 수도 있다는 식으로만 말한다.

다른 사람과 떨어져서 다닌다.

생체 반응 INTERNAL SENSATIONS

흉부 압박감.

심장 박동과 맥박이 증가한다.

근육 긴장.

아드레날린 폭발로 생각을 집어치우고 행동에 뛰어든다.

심리 반응 MENTAL RESPONSES

부정적인 사고.

매사에 반신반의.

상대방의 약점을 물고 늘어지려 한다.

발언자의 정신 상태나 입장을 고치고 싶어 한다.

자기 주위에 동조자가 많아졌으면 하고 생각한다.

이런 상태가 장기간 지속할 때 나타나는 징후

분노. 좌절감.

자기방어적인 태도가 점점 더 두드러지게 드러난다.

발언자의 의견에서 미심쩍은 구석들이 없는지 검토해본다.

생겨날 법한 논쟁거리들에 미리 대비하려 한다.

다른 사람은 결코 진실을 알 수 없을 거라는 불신.

자신의 사고방식에 맞춰 다른 사람의 생각을 적극 바꾸려 든다.

늘 누군가와 언쟁을 일삼는 사람으로 변해간다.

앞으로 심화할지도 모를 감정 단계 : 반신반의(112), 혐의(212), 체념(272), 경멸(104)

이런 상태가 억압당할 때 나타나는 징후

담담한 표정을 유지하고자 애쓴다.

발을 이리저리 달싹거린다.

즉각적인 도움을 약속할 수 없다는 것을 사과한다.

손을 모으고 가만히 앉아 상대방의 말에 관심 있는 척한다.

"아주 흥미로운 발상이야."

"바로 그게 이 지점에서 한 번쯤 짚어봐야 할 문제야."

속생각을 구체적으로 밝히지 않고 얼버무린다.

다른 사람의 의견은 어떤지 묻는다.

해결책으로 시험해본 뒤 결정하는 방식을 택하자고 제의한다.

숙고해볼 수 있도록 좀 더 시간을 달라고 요구한다.

조금 더 생각해보거나 검토해보자고 제의한다.

Writer's Tip

여러분의 주인공을 편히 지내도록 내버려두지 말 것. 그들에게 온갖 시련이 닥치도록 처리할 것. 그리하여 그들이 압도되도록 할 것. 그들이 시련을 극복하고 성공한다는 게 외관상 거의 불가능해 보이도록 할 것. 독자는 주인공이 온갖 역경에 시달리는 이야기에서 강한 인상을 받는 법이다.

72 회한에 빠지다
자책하다

REMORSE

잘못된 행동을 후회하고 괴로워하는 상태. 안타까워하는 심경.

몸 짓 PHYSICAL SIGNALS

얼 굴
촉촉이 젖은 눈가.
턱이 흔들린다.
시선을 바닥으로 내리깐다.
헬쑥하거나 건강해 보이지 않는 안색.
푹 파인 볼.
숨기거나 억누를 수 없는 눈물이 솟구친다.
초점 없이 멍해진 동공.

손 짓
손으로 입을 덮는다.
손에 얼굴을 파묻는다.
무릎에 두 손을 가지런히 놓아둔다.
양옆으로 축 늘어져 있는 팔.
손바닥으로 가슴을 두드린다.

목 소 리
진심 어린 사죄.
얘기해보자고 제의한다.
더 참지 못하겠다는 듯 울음을 터뜨린다.

피해자와 마주 앉아 대화 나누는 동안 정중히 높임말을 사용한다.

있는 그대로의 진실을 털어놓는다.

대답할 때는 전혀 주저 않고 말한다.

용서해달라고 애원한다.

어깨를 들썩이며 흐느껴 운다.

울먹거리며 애원하는 어조.

갈라진 목소리.

무슨 일이 일어나든 자기가 책임지겠다고 언약한다.

질문을 받으면 차분히 응답한다.

행 동

고개를 숙이며 눈은 위쪽을 올려다본다.

몸이 흔들거린다.

침묵.

피해자의 모임 같은 데 동참한다.

갑자기 깡통 같은 것을 걷어찬다.

몸 가 짐

예전에 일어난 일들을 자꾸 돌아본다.

배상 또는 보상을 제의한다.

잔뜩 움츠러든 어깨.

공격을 받으면 전혀 자신을 변호하거나 방어하려 들지 않는다.

심하게 위축된 듯한 자세.

손을 내밀다가도 그럴 자격도 없다는 듯 거둬들인다.

어떤 형벌이나 죗값이라도 달게 받겠다는 각오를 보인다.

한곳에 차분히 머물러 있는 손과 다리.

순종적인 태도.

생체 반응 INTERNAL SENSATIONS

위장이 거북하다.

콧물을 질질 흘린다.

욕지기.

수면 부족으로 눈꺼풀이 무겁고 메말라 있다.

목구멍 안에 뭔가 응어리져 있는 게 느껴진다.

심리 반응 MENTAL RESPONSES

우유부단한 처신을 스스로 질책한다.

결과를 직접 확인하고 싶어 한다.

보상해줄 방법을 찾는 데 집착한다.

피해자 모임과 그들이 목표하는 바를 공감한다.

그 상황에서 자신이 맡은 역할을 정직하게 자인한다.

잘못을 인정하고 나서는 한결 후련해한다.

이런 상태가 장기간 지속할 때 나타나는 징후

체중 감소.

두통.

심장에 이상이 온다.

자괴감에 빠져 자기 파괴적인 성향을 나타낸다.

필사적으로 공정한 사태 파악이나 상황 해결에 매달린다.

지금까지와는 삶이 아주 달라진다.

구호 활동에 나선다.

종교에 귀의한다.

앞으로 심화할지도 모를 감정 단계 : 죄책감(120), 가책(196), 투지(276)

이런 상태가 억압당할 때 나타나는 징후

자신과 마찬가지로 사태에 책임이 있는 동료와의 만남을 꺼린다.

거짓 느낌을 말한다.

피해자에게도 부분적인 책임이 있다는 말로 대응하려 든다.

거짓으로 핑계를 둘러대고 각종 사회 활동에서 빠진다.

이사한다.

Writer's Tip

묘사가 가장 명확해지는 것은 작가가 한 장면 안에 벌어진 사건 상황들을 사실적으로 배열해 드러내고자 애쓸 때이다. 어떤 행동(자극)을 먼저 보여주고 나서 이어 그에 관한 반응(응답)을 나타내도록 할 것. 그러면 독자는 어떻게 해서 A가 B를 일으키게 되는지 명확히 이해하게 된다.

73 흔들린다 불안하다

AGITATION

어떤 이유로 마음이 편치 않은 상태를 묘사할 때.

몸 짓 PHYSICAL SIGNALS

얼 굴

붉어진다. 붉으락푸르락. 누르락붉으락.
땀이 흐른다. 뺨, 턱, 이마에 흐르는 식은땀.
목덜미를 자주 문지른다.
시선이 분주하다.
시선이 자꾸 옮겨 다닌다.
눈 맞춤을 피한다.

손 짓

손놀림이 분주하다.
손이 안절부절못한다.
자꾸 뒤진다. 주머니, 지갑, 휴대폰. 뭔가를 잃어버린 듯이.
손을 가만히 두지 못한다.
손에 땀이 찬다.

목 소 리

떨린다.
목젖을 씰룩거린다.
단어를 잊어버리거나 중언부언한다.
할 일을 부정한다.

질문과 대답을 찾는 데 시간이 오래 걸린다.
자꾸만 목청을 가다듬는다.
'음', '아' 따위의 소리를 자주 내며 말을 더듬는다.
목울대에서 이상한 소리를 낸다.
입술을 파르르 떤다.

행　동

평정심을 잃는다.
조심성이 떨어진다. 특히 물건을 다룰 때.
부딪친다. 탁자 모서리, 문지방, 의자.
갑자기 움직인다. 돌발적인 움직임.
물건을 가만히 두지 않는다.
넘어지거나 미끄러진다.
개인적인 공간에 집착한다.
사람을 피한다.
서성거린다.
자기도 모르게 움찔한다.
걸음걸이가 자꾸 꼬인다.

몸 가 짐

옷매무새를 바로잡고자 허둥댄다.
단추가 풀려 있다.
넥타이나 스카프를 거칠게 다룬다.
손으로 머리채를 잡아당긴다.

생체 반응 INTERNAL SENSATIONS

입안에 과도하게 고이는 침.
어쩐지 과열된 느낌.
목덜미가 딱딱해진다.

변덕이 심해진다.

호흡이 짧고 가파르다.

식은땀을 흘린다.

살갗이 따끔거리는 것 같다.

심리 반응 MENTAL RESPONSES

생각이 멈춘 듯하고 좌절감이 엄습한다.

이미 저지른 실수들을 자꾸만 되새긴다.

거짓말로 실수를 은폐하거나 변명하려는 경향을 보인다.

심한 자책으로 모든 잘못을 무마하고자 한다.

불안의 원인을 콕 집어 찾아내고자 몸부림친다.

평정심을 되찾고자 스스로 마음을 다잡으려 시도한다.

이런 상태가 장기간 지속할 때 나타나는 징후

도망간다. 탈출을 시도한다.

사태를 외면한다.

타인에게 공격적 태도를 보인다.

지나친 자기 방어 본능을 발동한다.

온갖 서류와 파일을 바닥에 잔뜩 어질러놓는다.

앞으로 심화할지도 모를 감정 단계 : 욕구불만(264), 좌절감(248), 불안장애(140),
울분(132)

이런 상태가 억압당할 때 나타나는 징후

고민의 대상을 바꿔버린다.

계속 변명을 늘어놓는다.

분위기를 가볍게 하고자 쓸데없이 농지거리한다.

감정의 유발 요인과 마주하는 것을 피하고자 일부러 바쁜 척한다. 애써 다른 대상에 관심을 두고 쓸데없이 집중한다.

Writer's Tip

재깍거리는 시계의 초침 소리는 여느 장면에서나 감정을 고조시킬 수 있다. 등장 인물이 업무를 성공적으로 마무리 짓거나 다른 이에게 자신의 쓸모를 확인시키 고자 조바심칠 때는 조바심 때문에라도 치명적인 실수가 생겨나기 마련이다. 그 러면 복합적인 감정을 전달할 수 있는 여지가 한층 풍요로워진다.

74 흥분하다 신이 나다

EXCITEMENT

활력이 넘치거나 뭔가에 자극받고 고무된 상태.

몸 짓 PHYSICAL SIGNALS

얼 굴

함박웃음.
생기 넘치고 환히 빛나는 눈빛.
잘 웃는다.
혈색 좋은 안색.
콧구멍이 넓어진다.

손 짓

팔을 마구 흔드는 등 전반적으로 동작이 크다.
누군가에게 전화를 걸거나 문자메시지를 보낸다.
주먹을 쥐고 팔을 끄덕여 보인다.

목 소 리

괴성을 지르거나 폭소를 터뜨린다.
농담을 즐긴다.
왁자지껄한 목소리.
노래를 부르거나 콧노래를 흥얼거리고 구호를 외치기도 한다.
주저하지 않고 느끼거나 생각한 것을 말로 쏟아낸다.
머리를 가까이 대고 빠른 어투로 수다스럽게 말한다.
목 쉰 웃음소리.

깔깔거린다.
"뭐든 말해봐!"
"나한테 보여봐!"
"한번 해보자!"

행 동

이 발 저 발로 깡충거린다.
다른 사람 앞으로 가슴을 내민다.
기절한 척한다.
누군가를 높이 들어 올리거나 헹가래 친다.
몸을 떤다.
쉬지 않고 몸을 움직인다.
고개를 주억거리거나 리듬에 맞춰 까딱거린다.
몸을 흔들거나 다급하게 이리저리 돌아다닌다.
사람과 어깨를 부딪치며 다닌다.
바닥에 대고 발바닥 장단을 맞춘다.

몸 가 짐

경기나 행사를 마치고 한데 어울려 폭음.
모임에서 큰 소리로 떠들어댄다.
스스로 자신의 신명을 더욱 북돋는다.
잔뜩 들떠서 미성숙하게 군다.
재미있다는 기분에만 도취해 바보 같은 짓도 서슴지 않는다.
주위를 계속 돌아다닌다.
한군데 잠자코 머물러 있질 못한다.
호기롭고 왕성한 추진력.
누군가의 품에 안기려 달려든다.
발돋움하거나 그런 자세로 깡충거린다.
확연히 남과 구별되는 걸음걸이.

날렵하고 기운 넘치는 활보.

자신감 넘치는 표정으로 다른 사람과 거침없이 눈 맞춤을 한다.

친구들이나 연인에게 살가운 태도를 보인다.

생체 반응 INTERNAL SENSATIONS

가슴이 후련하다.

빠른 맥박.

바짝 마른 입.

감각 고조.

호흡 곤란.

아드레날린 폭주.

심리 반응 MENTAL RESPONSES

다른 사람과 동지애로 뭉친다.

앞으로 무슨 일이 벌어지게 될지 흥미진진하게 상상해본다.

다른 사람과 어울려 에너지를 증폭시키고자 한다.

조바심.

이런 상태가 장기간 지속할 때 나타나는 징후

뛰어오르고 환성을 내질러야 직성이 풀릴 듯한 기분.

다른 사람과 이 느낌을 공유하고 싶다는 욕구가 강렬해진다.

얼굴에서 광채가 난다.

심장 박동이 폭증한다.

땀이 많이 난다.

소리 지르고 환성을 질러대느라 목이 쉰다.

자기 억제력 상실.

앞으로 심화할지도 모를 감정 단계 : 만족감(100), 행복감(292), 의기양양(204),
실망감(160)

이런 상태가 억압당할 때 나타나는 징후

주의 깊게 자신의 행동을 통제하려 한다.
미소를 짓다가도 어금니를 깨문다.
웃음 또는 신명의 표현을 자제하려 한다.
자신의 내부가 요동치는 듯한 느낌.
옷 입을 때도 조심스럽게 입고 나갈 옷을 고른다.
저 안쪽에서 반짝거리는 눈빛.
말하기보다 듣고 끄덕여준다.

Writer's Tip

등장인물의 감정을 표현해야 하는 대목에서 글이 막힌다면, 머릿속으로 그 장면
에 가능한 강렬한 이미지 하나를 그려보기 바란다. 일단 장면이 제 나름대로 펼
쳐지도록 놔둬보자. 그러고는 그 장면에서 등장인물이 어떻게 움직이고 행동하
는지 유심히 살펴보자.

75 희망을 품다
낙관하다

HOPEFULNESS

앞으로 일이 다 잘될 것이라는 기대를 품은 상태. 한없이 낙관적인 상태.

몸 짓 PHYSICAL SIGNALS

얼 굴

호흡을 억제한다.
눈썹을 치켜뜨면서 의문에 가득 찬 시선을 던진다.
밝게 빛나는 얼굴.
부드럽게 입술을 잘근거린다.
심호흡.
강렬한 눈 맞춤.
환한 미소.
침을 빨리 삼킨다.
조급하게 고개를 주억거린다.
초조감으로 입술이 바짝 마른다.
시선이 희망의 상징물에 꽂혀 있다.

손 짓

턱에 대고 깍지를 낀다(기도하는 자세).
손으로 입을 가리며 반짝거리는 눈을 크게 뜬다.
손발을 꼼지락거린다.
일종의 감탄사처럼 손뼉을 자주 친다.

목 소 리

숨을 내쉬면서 "제발 좀"이라고 웅얼거리기를 반복한다.

찬반양론에서 "반"을 빼고 "찬"에 해당하는 말만 한다.

왁자지껄 수다스럽다.

성공할 기회가 생기면 확실히 붙잡으라고 충고한다.

목소리의 톤이 높아진다.

행 동

상체를 바싹 당겨 앉는다.

가슴 또는 배꼽을 움켜쥔다.

허리가 꼿꼿해진다.

꽤 고급스러워 보이는 의복들을 매만진다.

상대방이 말하는 대로 고개를 끄덕거린다.

이리저리 분주하게 왔다 갔다 한다.

숨을 크게 내쉬며 하늘을 올려다본다.

평소보다 발걸음이 빨라진다.

몸 가 짐

경직된 자세, 준비가 끝났다는 기색.

기대하는 바를 곧장 입 밖에 내지 않고 기다린다.

언젠가 자신의 진가가 빛날 날이 있을 거라며 확언한다.

모임을 조직해 자신의 희망을 실현할 능력을 과시하려 한다.

자신의 목표와 결부된 사람이나 일거리 등에 집중한다.

비교적 여유가 없다.

생체 반응 INTERNAL SENSATIONS

배꼽이 떨린다.

변덕스러운 느낌.

팔다리가 후들거린다.

몸 전체로 번져가는 전율.

짐을 내려놓은 듯 홀가분해지는 느낌.

순간 숨결이 가슴에 얹히는 것 같다.

들이마시는 공기가 신선해진 느낌.

없던 기력이 다시 생기는 느낌.

심리 반응 MENTAL RESPONSES

모든 게 다 제대로 돌아갈 거라는 믿음을 다진다.

자신의 주변 환경을 강하게 의식한다.

긍정적인 사고방식.

평정심.

자신을 더욱 끌어 올리고자 노력한다(공부나 업무 등).

부정적인 말에는 귀 기울이려 하지 않는다.

가능한 여러 상황에 대비하고자 한다.

이런 상태가 장기간 지속할 때 나타나는 징후

눈을 감고 기도하는 자세로 두 손을 모은다.

숨을 헐떡거린다.

동요.

눈물.

떨리는 목소리.

훌쩍거린다.

앞으로 심화할지도 모를 감정 단계 : 열망(176), 흥분(324), 실망감(160)

이런 상태가 억압당할 때 나타나는 징후

억지로라도 침착성을 유지하고자 두 손을 맞잡는다.

기대가 고조되는 것을 애써 억누른다.

장애물이나 경쟁 관계를 떠올린다.

일부러 얼굴에서 이런저런 표정을 지운다.

시선을 아래로 향하거나 먼 데를 본다.

Writer's Tip

등장인물이 최악과 차악 가운데서 하나를 고를 수밖에 없는 상황에 맞닥뜨리도록 해보자. 독자는 그와 비슷한 딜레마에 처했던 자신의 과거 상황을 떠올려보며 등장인물과 교감하게 될 것이다.

감사의 말

무엇보다 우리는 〈서재의 뮤즈(The Bookshelf Muse)〉 블로그 독자에게 감사의 마음을 전하고 싶다. 독자의 성원과 격려가 큰 힘이 되었다. 더불어 자상한 조언으로 이 책의 필요성을 일깨워주기도 했다. 독자들이 없었다면 이 책은 나오지 못했을 것이다.

책의 아이디어 단계부터 비평적 시각으로 검토하고 조언해준 헬렌, 로이, 매들린, 존, 로라에게 특히 감사한다. 이들은 우리 두 사람을 작가로 키워주었다. 친구이자 편집인 샤론에게도 진심 어린 감사를 전한다. 어느 때보다도 성원과 지지가 필요한 순간, 그녀는 우리를 따뜻하게 격려해주었다.

우리는 누리꾼으로 이뤄진 몇몇 글쓰기 커뮤니티에도 많은 빚을 졌다. 그곳에서 만난 예비 작가들과의 교류로 우리는 많은 것을 배웠다. 어쩌면 우리가 작가로 발돋움할 수 있었던 것은 그들 덕분인지도 모른다. 우리는 함께해온 한 사람 한 사람을 진정으로 사랑한다.

마지막으로 가족이다. 목청 높여 감사하다. 가족의 따뜻한 성원과 어려울 때마다 불어넣어준 용기, 그리고 날카로운 조언은 두고두고 잊지 못할 것이다.

우리의 사랑을 듬뿍 담아 AAD와 SDJ에게

The Definitive Book of Body Language (앨런과 바바라 피즈)

Characters, Emotion & Viewpoint (낸시 크레스)

Creating Character Emotion (앤 후드)

Telling Lies: Clues to Deceit in the Marketplace, Politics, and Marrage (폴 에크먼)

친애하는 독자 여러분께

여러분의 창작 과정에서 이 책이 유용한 동반자가 되어주었다면, 우리는 이 책과 함께한 여러분의 체험을 한번 들어보고 싶다. Goodreads나 Amazon 또는 Barnes & Noble 등에 진솔한 리뷰를 올려주신다면 정말 감사하겠다. 또한 작가 지망생들을 위해 우리가 엮은 또 하나의 길잡이 『묘사 유의어 모음집(Despective Thesaurus Collections)』의 일부 내용이 궁금하다면, 블로그 〈The Bookshelf Muse〉로 방문해주시기 바란다.

http://thebookshelfmuse.blogspot.com
아무쪼록 행복한 글쓰기 하시기를!

안젤라와 베카

색 인

인간의 75가지 감정 표현법

인쇄	2016년 6월 6일 초판 3쇄
발행	2016년 6월 13일 초판 3쇄

지은이	안젤라 애커만, 베카 푸글리시
옮긴이	서준환

발행인	채희만
출판기획	안성일
영업	김우연
관리	최은정
발행처	INFINITYBOOKS

주소	경기도 고양시 일산동구 하늘마을로 158 대방트리플라온 C동 209호
대표전화	02-302-8441 **팩스** 02-6085-0777
Homepage	www.infinitybooks.co.kr
E-mai	helloworld@infinitybooks.co.kr

ISBN	979-11-85578-04-0
등록번호	제25100-2013-152호
가격	15,000원

* 이 도서의 국립중앙도서관 출판시도서목록(CIP)은 서지정보유통지원시스템 홈페이지
(http://seoji.nl.go.kr)와 국가자료공동목록시스템(http://www.nl.go.kr/kolisnet)
에서 이용하실 수 있습니다(CIP제어번호: CIP2014023718)